Fan
ファン文庫

質屋からすのワケアリ帳簿　下

大切なもの、引き取ります

南　潔

マイナビ出版

目次

質屋からすのワケアリ帳簿 下

大切なもの、引き取ります。

南潔

上巻のあらすじ

新卒で入社した会社をわずか数ヶ月でクビになった目黒千里《めぐろちさと》とは、生活費のため両親の形見の結婚指輪を換金しようと「質屋からす」を訪れた。人が本当に大切にしているものしか引き取らないという店主・烏島廉士《からしまれんじ》は、指輪には全く興味を示さなかったが、彼女の『ある能力』を金で買いたいと言う。千里はあるモノに触れると、それに関わった人が映像のように頭に浮かんでくるという特殊な能力の持ち主だったのだ。

ある日、烏島は背の高い、整った顔立ちの高校生・七杜宗介《ななもりそうすけ》から、失踪した彼の屋敷の使用人・森沢陽子《もりさわようこ》の捜索を依頼され、千里は烏島に命じられるまま陽子の残した足跡を辿るうち、「七杜の伝説」に行き当たる。たびたび深刻な水害に見舞われる地域を救うため、付近の七つの神社で生け贄を捧げる儀式が行われていたというのだが、そのひとつ青珠《あおす》神社を訪れた千里は、背後から忍び寄る人影に口をふさがれ、意識を失ってしまった……。

儀式

意識が浮上していくにつれ、まず感じたのは濃い緑の匂いだった。

しばらくすると木々が揺れる音と虫の鳴き声、そして犬の遠吠えが耳に入ってきた。重い瞼《まぶた》を持ち上げれば、木々の隙間から欠けた月が見える。

千里はゆっくりと身体を起こした。

月の明るい夜だった。肌を撫でる風はなまぬるく、身体にまとわりつくような感覚に身震いする。頭がぼんやりして、まだ夢の中にいるような気分だ。

ここが森の中だということはすぐにわかったが、どうしてここにいるのかがわからない。自分は右頬に大きな黒子がある、中年の男のあとを追って洞穴《ほらあな》の中に入った。鶴野が言っていた、診療所に陽子のことを訊きにきた男だ。そして小さなお堂で縛られている陽子の姿を目撃し、助けようとして誰かに口をふさがれ——そこからの記憶がない。

目を凝らし、腕時計で時間を確認すると、千里が神社を訪れてから約三時間がたとうとしていた。

もしかして、夢でも見ていたのだろうか。

そのとき、目の端で白いものがひらりと動き、千里ははっと息をのむ。よくよく見れば、木の枝に引っかかった白い布だった。

千里はほっと息を吐き、そばにあった鞄を持って立ち上がろうとした。だが、無理だった。ぐらりと目の前が揺れ、思わず地面の上に手をつく。ひどい貧血だ。千里は呼吸を整えて、今度は時間をかけて立ち上がる。下腹部が石でものみ込んだかのように重い。身体についた土や草を払い落とす気にもなれず、開けた場所を求めて茂みから出る。

夢じゃなかった。

千里の目の前に現れたのは、月明かりに照らされた岩壁だった。そこには洞穴に続く岩の裂け目もある。千里は鞄から懐中電灯を取り出そうとし、お堂で落としたことを思い出した。

千里は穴の中を覗き込む。月明かりの届かないトンネルは真っ暗だ。懐中電灯なしでここを通るのは、かなりの勇気が必要だった。尻込みする千里の脳裏に、縛られた陽子の姿と鳥島の顔が交互に浮かぶ――選択肢など、はじめから残されていなかった。

千里は深呼吸すると、おそるおそる穴の中へ足を踏み入れた。岩壁に手をつきながら、闇の中を慎重に進む。

やっとの思いで短いトンネルを抜ければ、洞穴の天井には美しい夜空が広がり、まるで天然のプラネタリウムのようだった。幻想的な光景だったが、感動している余裕はない。

記憶通りの場所に、お堂はあった。

扉の閂《かんぬき》は千里がはずしたときのままになっている。中に入ると、あのときと同じ、粘つくような甘い香りが鼻をついた。

「……どうして」

お堂の中には、誰もいなかった。

暗さに目が慣れてくると、中の様子が次第にはっきりとしてくる。広さは三畳ほどだろうか、隅に千里が落とした懐中電灯が転がっていた。拾ってスイッチを押すと、明かりがつく。壊れていないようで、ほっとした。

懐中電灯でお堂の中をくまなく照らす。奥には簡素な祭壇があり、細かな装飾を施された香炉が置かれていた。蓋を取ると、燃えかけのお香のようなものが入っている。煙は消えていたが、匂いはまだ強く残っていた。この匂いを嗅いでいると、気持ちが悪くなる。

香炉を戻し、外に出ようとすると、板間の上に縄と布の切れ端が落ちていることに気づいた。おそらく陽子を縛っていたものだろう。

千里の耳に蘇ったのは、烏島の言葉だった。

『生《い》け贄《にえ》の儀式がおこなわれるのは夏だ。今年は陽子さんの母親が川で発見されてから二十一年目。そして生け贄になるのは四篠《よしの》家の血を引く者だ』

まさかあの男に連れていかれた？

千里は、急いでお堂を飛び出した。

＊　＊　＊

青珠神社の儀式の内容は、古文書が行方不明になっているため、わからない。ただ、他の六社において、ひとつ共通していることがある――儀式が神社の本殿でおこなわれていたということだ。

月明かりに照らし出された本殿は廃墟のようで、夕方見たときよりもいっそう不気味に映る。周りに人の気配はなく、しんと静まり返っていた。

千里が木陰から本殿の様子を窺《うかが》っていると、頭上で木々が揺れる音がした。驚いて上を見れば、黒い鳥が枝に止まっている――カラスだ。まるで千里を監視するように、じっとこちらを見つめているような気がした。

「……ひっ」

今度はジーンズのポケットの中で、なにかが振動した——昨日烏島から「肌身離さず持っておくように」と渡された携帯電話だ。

着信は当然、烏島からだった。千里は通話ボタンを押そうとした手を止めた。烏島に今どこにいるか問われれば、千里はうまく誤魔化す自信がない。

収穫がないままじゃ、戻れない。

千里は着信の切れた携帯電話をポケットにしまうと、本殿の階段を駆け上がった。扉には真新しい南京錠がかかっていた。なにもかもが古びている神社には不釣り合いなものだ。あたりに注意を払いながら、千里は扉に耳をつける。中から物音は聞こえない。少し考えて南京錠を持ち、力を込めて左右に揺すってみた。もともと適当に取り付けてあったのだろう、しばらくすると南京錠は扉の金具ごと一緒に抜けた。

扉を細く開け、中を覗くと、障子窓から入る月の光で仄明《ほの》るい。がらんとした板間に人影はなく、千里は扉の隙間から身体を滑り込ませた。

本殿の中に入った瞬間、千里を包み込んだのはカビと埃の匂い、そしてかすかな甘い匂いだった。千里は懐中電灯で本殿の中を照らしてみる。板間の奥には祭壇があった。お堂の中で見たものとよく似ているが、こちらの方が大きく豪華だ。お堂と同じような香炉も置いてあった。

しかし、陽子の姿はなかった。

陽子は、儀式は、いったいどうなったのだろう。千里はそれを知る術《すべ》を持っていない――あれ以外には。

迷ったのは、ほんのわずかな時間だった。

千里は肩にかけていた鞄を下ろし、床の上に膝をついた。

烏島からは禁じられているが、今この力を使わなければ、いつ使うのだ――そう自分に言い聞かせる。

千里は床の上に両の手のひらをつけ、目を閉じた。

心を静め、集中しようとするが、なにも映らなかった。焦りと不安が、千里を追い詰める。

しばらくすると、砂嵐がかかったような、映像ともいえない残骸が現れた。千里は目を凝らすが、視《み》えているものが人なのか、物なのかさえも判断できない。それでもなお、その残骸を追い続けていると、砂嵐が薄くなった。

まず視えたのは、蠟燭《ろうそく》の炎だ。

相変わらず映像はざらつき、部屋の薄暗さも相まって、鮮明とは言いがたい。気を抜けば、すぐに消えてしまいそうだった。

脂汗が滲《にじ》むのを感じながら、千里が蠟燭を視つめていると、すっと視界が広がった。四隅に置かれた燭台で、燃えている蠟燭。祭壇の香炉からは、ゆるゆると細い煙が上っていた。そして部屋の中央——ちょうど今、千里がいるあたりに白い布が敷かれ、その上に白い着物を着た女が横たわっている。

女の顔を視て、千里は息をのんだ。

——陽子さん?

陽子は目を閉じ、身体の脇に腕を投げ出していた。眠っているのか気を失っているのかわからないが、ピクリとも動かない。

そこに白い着物と袴を身に着けた男が現れた。

千里は声を上げそうになった。男がおどろおどろしい竜のお面をかぶっていたからだ。その背格好や着ているものから、あの黒子《ほくろ》の男だとわかった。

男はすっと祭壇の前に出ると、くるくると奇妙な舞を舞い始めた。それが終わると、今度は祭壇の前に膝をつき、大きく手を広げ、床にひれ伏す。しばらくして勢いよく起き上がると、陽子の傍らに膝をついた。

そこからの映像は、視るに堪えないものだった。

映像の不鮮明さも、行為の生々しさを隠してはくれなかった。男は陽子の着物を乱暴にはぐと、その白い身体をねっとりした手つきで弄《もてあそ》ぶ。千里は心の中で何度も「逃げて」と叫ぶが、陽子は動かない。

さんざん陽子の身体を弄んだ男は、着物を脱ぎ捨てると、白い身体にのしかかった。意識のない若い女に跨がり、醜い身体を前後に揺する男——吐き気を催すような映像だ。

千里の心が耐えられなくなるのを反映してか、次第に映像は途切れ途切れになり、そのうち何も視えなくなってしまった。

千里は床から手を離し、目を開けた。

——儀式はもう、おこなわれてしまった。

それも、自分が気を失っているあいだに。

烏島に連絡しなければ、と千里が携帯電話を取り出そうとしたとき、目の前がチカチカと点滅した。身体を支えきれなくなり、思わず床に腕をつく。眩暈《めまい》はなかなか治まらず、今度は胃液がせり上がってきた。千里は「はっはっ」と短い呼吸を繰り返す。

どうしよう、この前よりもひどい。

力を使ったことを思わず後悔しそうになるほどの気分の悪さだった。こんなところで蹲《うずくま》っている暇はない、早く烏島に報告しなければ——心が焦るほど、身体の感覚や動きが鈍くなってゆく。

そのせいで、千里は本殿に近づいてきた人の気配にまったく気づけなかった。

突然、本殿の扉が、大きな音を立てて開け放たれた。

「――そこでなにをしている！」

千里はその声に慌てて立ち上がろうとするが、ガクンと膝が床に落ちる。今度は腕で身体を支えることができず、床にうつ伏せに倒れ込んだ。

複数の足音が近づいてくる。それは千里のそばで止まり、仰向けに蹴《け》り起こされた。腹のあたりに鋭い痛みが走り、千里は呻《うめ》く。

「なんだぁ、女か？」

千里を取り囲むようにして立っているのは、手にバットや鉄パイプを持った複数の男たちだった。視界の悪さと眩暈で、はっきりした人数は確認できない。

ひとりの男が千里の懐中電灯を拾い上げ、千里の顔を照らした。眩しさに顔をそむけようとすると、男は靴のつま先で千里の顎《あご》を無理やり持ち上げる。満足に身体を動かせない千里は、されるがままだ。

「おい、最近ここをコソコソ嗅《か》ぎまわってたのはお前か？」

質問の意味がわからなかった。なんのことか問い返したくても声が出ない。

「なんだよ、喋れないのか？」

「ビビってんだろー、かわいそうに」

「まあ、でも動けないならちょうどいいな」

千里の顔を持ち上げていた男が目配せすると、男たちのひとりが本殿の扉を閉める。

閉ざされた空間、卑しい笑い声、粘つくような視線――これから自分がどうなるか、千里は唯一動きを止めていない頭で理解した。

「――喋れるようになるまで、俺たちのお相手をしてもらおうか」

周囲を取り囲まれるようにして、男たちに身体を押さえつけられた。

「ドロボーさんよ、今度はここでなにを盗るつもりだったのかなー？」

「俺らが一生懸命つけた鍵まで壊してくれてよぉ」

鍵を壊したのは確かだが、なにも盗んでいない――千里はそう反論しようとしたが、断続的に続く吐き気と眩暈でうまく声を出すことができなかった。たとえ声を出すことができたところで、男たちは行為をやめないだろう。いじめと同じだ。中途半端な抵抗は相手を喜ばせるだけだということを、千里はよく知っていた。

「神社でヤるって、ちょっと興奮するよな」

「清水に見つかったら大目玉だぞ。ただでさえ建物ん中への立ち入りは禁止されてんのに」

「せっかく気持ちよく飲んでるところを呼び出されたんだから、これくらいの楽しみは大目に見てもらおうぜ」

動けない千里を嬲《なぶ》るのは、六人の男の視線。舐め回すようなそれが服の中にまで入り込んでくるような気がして、あまりの気持ち悪さに肌があわ立った。

「それにしても汚ねぇな。こいつ、土まみれじゃねぇか」

「裸に剝《む》けば問題ないだろ」

そう言いながら、リーダーらしき男が千里の上に馬乗りになる。内臓を圧迫するような重みに千里は呻いた。

「色気のねー声出しやがって。おい、アレ持ってるか？」

「おぉ、あるぜ」

男のひとりが趣味の悪いシャツのポケットから小さな缶を取り出した。中に入っていたものにライターで火をつけ、缶の蓋に載せる。煙が上がり、しばらくすると甘い匂いが漂ってきた——お堂で嗅いだのと同じ匂いだ。男たちの酒臭い息や体臭と混じり、ひどい悪臭になった。

「これで、ちったぁその気になるだろ」

しばらくその匂いを嗅いでいると、頭の奥が痺れるような感覚に陥った。身体の力がくたりと抜け、顔が火照《ほて》る。それを見計らったように、上に乗った男が千里が腰に巻いていたパーカーを乱暴にはぎ取り、Tシャツをめくり上げた。ごくりと唾をのむ音がやけに大きく響き、千里は耳をふさぎたくなる。

「若いだけあって、肌触りはいいな……」

露わになった肌に、たくさんの手が伸びてくる。臭《くさ》い息を吐きながら肌を撫で回され、千里は「ひっ」と悲鳴をあげた。

「おいおい、もっと色気のある声出せよ」

「きみたちが相手じゃ無理だと思うけれど」

男の手が千里の下着にかかったとき、「パシン」と小気味よい音を立てて本殿の扉が開いた。

月の光が突然の訪問者を照らし出し、千里は目を疑った。自分の願望が見せた幻かと思ったからだ。

「か……しま、さん……」

闇に溶けるような黒いシャツとスラックスに、光に透ける明るい髪色、白い面《おもて》に浮かぶ微笑。まぎれもなく、そこにいるのは烏島だった。

「だっ、誰だ、お前は！」

「きみが馬乗りになってる子の所有者だ」

本殿の中に入ってきた烏島は、「なんだか変な匂いがするな」と呟いた。それから男たちに押し倒されている千里を見て、眉間にしわを寄せる。

「きみたちが女性に見向きもされないのは、その顔を見れば痛いほどよくわかる。だからって、そんな貧相な子にまで手を出すなんて家畜、じゃなかった、鬼畜もいいところだ」

「なんだと！」

気色ばむ男たちをよそに、烏島は千里の上に乗ったまま固まっている男を指さして、憐れむような顔をした。

「きみ、彼女いない歴イコール年齢だったりする？」

烏島に指をさされた男はピクピクと顔を引きつらせていた。どうやら図星だったらしい。

「おい、お前ら！　こいつをやれっ！　手加減しなくていい！　ぶちのめせ！」

男が叫ぶと、他の男たちがそれぞれの得物を持って立ち上がり、烏島を取り囲んだ。鉄パイプやバット、刃物を構える男たちとは反対に、烏島は丸腰だ。その上、相手は千里の上にいる男も含めて複数いる。圧倒的に不利だった。

しかし烏島は取り乱す様子もなく、肩を竦《すく》めるだけだ。

「困ったな。乱暴なことは嫌いなんだけど」

そのとき、正面の扉とは別の扉が激しい音を立てて倒れた。運悪く扉の前にいた男がその巻き添えとなり、扉と一緒に床に叩きつけられる。その拍子に、持っていたバットが床に転がった。

「よう烏島、ずいぶん楽しそうな状況になってるじゃねぇか」

そう言ってバットを拾い上げる人物に、千里は大きく目を見開いた。

「あれ、宗介くん、来たんだ？」

「あんたもな。店を空けるのは嫌なんじゃなかったのか？」

烏島と言葉を交わしながら中に入ってきたのは、宗介だった。夕方見たときとは違い、制服姿ではなく、白のシャツにカーキ色のパンツを身に着けている。宗介はくんと鼻を動かし、顔をしかめた。

「くせえな、ここ。烏島、おまえの加齢臭か？」

「失礼な。僕はまだそんな年じゃない」

突然現れた宗介に驚いていないのは、この中で烏島のみだった。千里をはじめ、烏島を取り囲んでいる男たちも、ぽかんと口を開けている。

宗介は男にのしかかられている千里に気づくと、目尻を吊り上げた。

「――どけ、この汚物が」

宗介が持っていたバットを振りかぶる。「ゴッ」という鈍い音と同時に、千里の身体が軽くなった。

千里がよろよろと身体を起こせば、さっきまで自分の上にいた男が両手で顔を押さえながら、床の上をのたうち回っていた。どうやらバットが男の顔に命中したらしい。

「宗介くん、わざと顔を狙っただろう」

「簡易整形手術だ。これでちっとはマシな顔になるだろ」

あっけにとられている男たちと千里をよそに、烏島と宗介は平常運転で会話を続けている。そのとき、倒れた扉の下から男が這い出てきた。

「く……くそっ、いったいなにが起こったんだ⁉」

その声に反応するように、床の上を痛みで転がっていたリーダー格の男が立ち上がった。鼻血で汚れた顔は、激しい怒りの色に染まっている。

「お前ら、早くそこのふたりをやっちまえ！　特に顔だ！　顔をやれ！　二度と見られなくなるような顔にしろっ！」

その声で男たちは得物を構え、一斉にふたりに飛びかかった。

やられてしまう――千里は見ていられずに目を閉じた。

しかし、千里の耳に入ってきた呻き声や悲鳴は、烏島と宗介、そのどちらのものでもなかった。

「へえ、あんた結構やるじゃねえか」

「ありがとう。宗介くんもずいぶん慣れているようだけど、どこで習ったの？」

「かどわかされないよう、子供のころから格闘技はひととおり叩き込まれてるもんでね」

「嫌な世の中だねぇ」

「まったくな」

千里がおそるおそる目を開ければ、そこには信じられない光景が広がっていた。

烏島と宗介は、常と変わらない調子で会話を交わしながら、武器を振り上げて襲いかかる男たちを手際よくさばいていく。宗介が蹴りを入れてナイフを弾き飛ばしたかと思えば、烏島が舞を舞うような軽やかさで、とどめの一撃を刺し、昏倒させていく。

「宗介くん、悪いけどあとは任せていいかな。年のせいか体力がもたなくってね」

「よく言うよ。息も乱れてねぇじゃねぇか」

男が残りふたりになったところで、烏島は両手を払いながらリーダー格の男の方へ近づいていく。呆然と成り行きを見ていたリーダーは、そこで慌てて千里の腕を掴み、背後から羽交い締めにした。

「それ以上近づくな！」

首元に当てられた冷たい感触に、千里は血の気が引くのを感じた——これは、刃物だ。

しかし烏島は意に介することなく、どんどん距離を詰めてくる。

「おいっ、近づくなって言ってるだろう！　この女がどうなってもいいのか？」

「ええ、どうなってもいいですよ」

あっさり頷いた烏島に、千里は目の前が真っ暗になった。驚いたのは男も一緒だったらしい。千里を締め上げている腕から力が抜ける。

男にできた一瞬の隙を、烏島は見逃さなかった。

「――なんてね」

烏島は素早く刃物を叩き落とすと足払いをかけ、男が前のめりになったところで首の後ろに手刀を当てた。男とともに床に沈みそうになった千里は、すんでのところで烏島に引き上げられ、難を逃れた。

「目黒くん、大丈夫かい？」

千里の身体を抱きとめた烏島が、手早く乱れた服を直してくれる。千里は反射的に烏島のシャツを摑み、その肩口に顔を押しつけた。深呼吸すると烏島が愛飲している茶葉の香りがする。慣れ親しんだ香りと逞しい腕に抱かれ、千里はほっとした。

「匂いの原因は、これか」

烏島は千里のそばで甘い煙をくゆらせている缶の蓋に気づくと、男から奪ったナイフの柄でお香を潰し、火を消した。

「烏島、こっちも終わったぜ」

宗介がバットで肩を叩きながら、こちらに近づいてくる。

「こいつら、どうする？」

「縛るものがないから、かわりに関節でもはずしておく？」

宗介の質問に、烏島は楽しい遊びでも提案するように答えた。

「いい案だな。でも俺は男の身体を弄《いじ》るなんてまっぴらごめんだ」

「奇遇だね、僕もだ」

烏島の言葉を受け、宗介はちらりと伸びている男たちを見た。

「まあああの様子ならしばらく動けないだろ。で、それはなんだ？」

「お香だよ」

烏島はお香の載った缶の蓋を宗介に渡す。宗介はそれに鼻を近づけると、顔をしかめた。

「ここに入ったとき匂ってたのは、これか。変な匂いだな」

「おそらくなにか特殊な効果がある。煙は消えているが、あまり深く吸わない方がいい」

「あんたは大丈夫なのか？」

「僕は薬の類いは効きにくい性質でね」

烏島はそう言ってお香をハンカチに包み、シャツのポケットにしまう。

「おい烏島、いいかげん千里を離せよ。話ができないだろ」

「目黒くん、宗介くんがご立腹のようだから、そろそろ離してくれないかな」

烏島にしがみついたままぼんやりしていた千里は、のろのろと顔をあげた。

烏島はその顔に苦笑を滲ませ、宗介は不機嫌さを丸出しにして、千里を見つめている。

千里はそこで初めて自分の体勢に気づき、慌てて烏島のシャツから手を離した。

「目黒くん、話はできそう？」

「あ……はい」

宗介が扉を蹴破ったおかげで風通しがよくなり、本殿の中に立ち込めていた甘い匂いもほとんど消えている。気分がいいとはまだ言えないが、身体はかなり楽になった。

「おい千里、おまえは――」

「待って、宗介くん」

焦《じ》れたように口を開いた宗介を、烏島が静かな声で遮った。

「僕が先だ。かまわないかな？」

かまわないか、と訊いておきながら、イエス以外の返答は受け付けないという態度が言外に溢《あふ》れていた。宗介は驚いたように目を見張り、「チッ」と舌打ちする。

烏島は「ありがとう」、と宗介に礼を言うと、改めて千里を振り返る。その表情は、先ほどとは打って変わって厳しいものだった。

「目黒くん」

色の薄い瞳が放つ光が、鋭く千里を射抜く。それを見た千里は、すぐさま理解した。

烏島は、『知って』いる。

「——きみはここで、なにを視た？」

千里は「ああ」と心の中で呻いた。烏島は見抜いている——自分が力を使ったことを。

「……陽子さんが、ここで竜のお面をかぶった男に襲われているのを視ました」

「陽子さんが？　どういうことだ！」

目を剝いた宗介が、千里の肩を強く摑む。その瞬間、先ほど視た映像が千里の脳裏に生々しく蘇った。

——眠る女、彼女にのしかかる男、気味の悪い竜の面、白い太腿と敷布に散る赤。

心臓がどんどんと薄い胸を叩き、飛び出してきそうな感覚がした。息が苦しい。千里は少しでも酸素を得ようと必死に息を吸い込むが、少しも楽にならない。声が出ず、意識がぼんやりし、目の前がぐらぐらする。

「千里？　どうした？」

宗介の焦ったような声が聞こえる。しかし、千里は返事をすることができなかった。

「過呼吸だ」

千里の肩を摑んでいた手が離れ、かわりに逞しい腕に身体を抱き寄せられる。

「おいっ！」

驚いたような宗介の声が聞こえたのと同時に、唇に柔らかな感触が重なった。

紅茶の香りだ——そう、ぼんやりと感じているうちに、次第に呼吸が楽になる。

どれくらい時間がたっただろう——唇から遠ざかる温もりに重い瞼を持ち上げると、なぜかすぐそばに烏島の顔があった。

「……大丈夫かい？」

やっと呼吸が楽になったと思えば、今度は動悸が激しくなる。これも力を使った副作用なのだろうか。そんなことを思いながら、小さく頷いた。

「身体を起こすよ」

烏島に背中を支えられて身体を起こすと、眉間に深いしわを寄せた宗介と目が合った。不機嫌——というよりは殺気のようなものを感じる。陽子の話が途中だったからか？

困惑する千里の思考を引き戻したのは、烏島の柔らかな声だった。

「話の続きはできそう？」

「……はい」

この神社に来てからの出来事を言葉にするのは、正直苦痛だった。しかし、話さないわけにはいかない。

「どうしてきみはこの神社にいたの？」

「陽子さんのことが気になって、様子を見に……」

さすがに宗介の前で、「宗介をつけてきた」とは言えなかった。

「それで？」

「この神社で、白い着物と袴を着た男を見かけました。右頬に大きな黒子がある男です」

「鶴野医師のところに来た男にも、確か黒子があったと言っていたね」

烏島に問われ、千里は頷く。

「――この神社の神主だ」

ぽつりとこぼした宗介に、烏島は意外そうな顔をした。

「宗介くんは会ったことがあるの？」

「いや……高木から聞いた。うちにタカリに来てたからな」

取り繕うようにそう言う宗介を、千里は凝視した。右頬に黒子がある男と、宗介は今日の夕方、この神社で会っていたはずだ。

どうして嘘をつくのだろう――不審に思う千里に、烏島が話の続きを促す。

「目黒くん、続けて」

「その男……神主は裏の森にある洞穴に入っていきました。洞穴から出てきたとき、食器みたいなものを持っていたので、中に人がいるのかと思って入ったら……小さなお堂のような建物があって、そこで白い着物を着た陽子さんが目と口を覆われて、縛られているのを見ました」

「その『みた』はどっちの『みた』？」

その質問に、千里は宗介の方をちらりと見た。宗介は表情を変えないまま、じっと千里の言葉を待っている。烏島に視線を戻すと、『かまわない』とでもいうように頷いた。

「……『映像』じゃなく、この目で見ました」

「それから？」

「助けようと陽子さんに近づいたとき、後ろから誰かに口をふさがれたんです。そこから記憶がなくて……気が付いたら、なぜか森の中に倒れていました」

「きみが草と土まみれなのは、そのせいか」

烏島の言う通り、千里のTシャツは草と土で汚れ、ひどい格好だった。

「私、夢でも見たのかと思って、確かめるために洞穴のお堂に戻ったら、陽子さんはいなくなっていました。それで急いで本殿に……でも陽子さんも神主の姿もなくて」

「力を使ったね？」

質問ではなく、断言する口調だった。誤魔化すことなどとうに諦めていた千里は、目を伏せる。

「……はい」

「さっき言ってた、竜のお面をかぶった男というのは？」

「白い着物と袴を着ていました。ここの神主だと思います」

「陽子さんは？」

千里はぐっと拳をきつく握った。

「白い着物を着て、まるで眠っているように見えました。その上にお面の男がのしかかって……」

あとは、どうしても言葉にすることができなかった。だが烏島のことだ。言いたいことは伝わっているだろう。

「……私が視ることができたのは、それだけです」

もう少し早く目覚めていれば、力が万全に使えていれば。どうしようもない後悔が千里を襲う。

「儀式はもう、おこなわれたんだな」

はっとして顔をあげると、宗介が難しい表情のまま、本殿を出ていこうとしていた。

「宗介くん、どこに行くんだい？」

「電話だ。近くに高木を待たせてるから、こっちに車を回してもらう」

宗介が出ていくと、本殿の中に静寂が戻った。

「――目黒くん」

穏やかな声に名前を呼ばれ、びくりと千里の肩が跳ねる。怒られることを覚悟していたが、降ってきたのは叱責の言葉ではなかった。

「きみ、気づいてる？」

烏島の視線の先を追って、千里は言葉を失った。デニムの脚の付け根が赤黒く汚れている。

嘘だ、そんな、まさか。

ある可能性に気づき、動揺した千里は、烏島を見上げた。

「か、烏島さん、いつから気づいて……？」

「血の匂いがしたから」

千里は視線から逃れるように脚を閉じる。宗介にも気づかれただろうか。

「心配しなくても、宗介くんは気づいてないよ。それより、生理になったことがそんなに驚くようなことだった？」

千里が目を見開くと、烏島は苦笑した。

「知ってる？　きみは考えてることがすぐ顔に出るんだ」

「そんなこと……」

「あるんだよ」

烏島は床に落ちていたパーカーを拾い上げ、千里の腰回りを隠すように巻いた。

「……昔から周期が不安定で、しばらく止まってたから驚いて」

「病院には？」

千里は首を横に振る。

「放っておくのはよくない。もし将来家族をつくることになったら困るだろう？」

「……困りません。私は親になるつもりはないですから」

しばらくのあいだ、気まずい沈黙が流れた。

「ねえ目黒くん。きみは――」

「おい。高木、すぐ来るってよ」

烏島がなにか言いかけたとき、宗介が戻ってきた。

「烏島、これからどうするんだ？」

「陽子さんも神主もいない今、この人たちに話を訊くしか選択肢はなさそうだね」

烏島はいまだ気を失っている男たちを一瞥《いちべつ》し、腰をあげる。

「とりあえず、ここを出ようか。目黒くん、立てるかい？」

「あ、はい」

千里は烏島に手を借り立ち上がるが、力を使ったせいか、ふらついてしまう。

「僕が運んであげようか？」

「い、いいえ、平気です。歩けます」

千里を抱き上げようとする烏島の腕を、宗介が摑んだ。

「……この手はなにかな、宗介くん？」

目の前で、世間一般には美形と評されるであろうふたり——烏島と宗介が情熱的に見つめ合う姿に、千里はなんだかいけないものを見ているような気分になった。

「あんた、体力ないんだろ？　俺が運ぶ」

宗介はそう言うと、千里に向かって手を差し出した。どうすればいいかわからず、助けを求めるように烏島を見ると、「お言葉に甘えたら？」と突き放されてしまった。

「おい、早くしろ」

「いえ私は……あっ！」

痺れを切らしたのか、宗介は無理やり千里を抱き、立ち上がった。千里には人生初のお姫様抱っこを喜ぶような余裕はもちろんない。それより生理になったことを宗介に気づかれないか、気が気でなかった。

「そういえば烏島、警察はどうするんだ？」

「もちろん連絡するよ。彼らに、知ってることをすべて吐いてもらってからだけど」

千里の鞄を持った烏島が、のんびりと答える。

「俺たちがここに来た理由は、どう説明する？」

「肝試しに来たら襲われた、でいいんじゃないかな」

「適当だな。信じると思うか？」

「信じさせるんだよ」

本殿の外に出ると、少し離れた場所に人影を見つけた。

一瞬、神社の関係者かと思い、ぎくりとしたが、月明かりに照らされた顔を見て身体の力が抜ける。

「――宗介さま」

ゆっくりとした足取りで近づいてきたのは、七杜家の執事である高木だった。千里が初めて会ったときと同じ、上品なスーツを身に纏《まと》っている。

「早かったな、高木。それはなんだ？」

宗介は高木の持っているアタッシュケースを見て、首を傾げる。

「縛るものが欲しいと電話でおっしゃっていたでしょう？　中にロープや猿轡《さるぐつわ》などが入っておりますので」

「買ってきたのか？」

「いえ、私の車に常備してあったものです」

ロープ、猿轡、常備、という言葉に疑問符を浮かべている千里をよそに、高木は「私物ですので、あとでお返しください」と言いながら、宗介にケースを渡す。

「まったく、やんちゃも大概にしていただかないと……お戻りになったら、わかっておりますね？」

「説教なら勘弁してくれ」

「旦那様には秘密にしておきたいのでしょう？」

宗介は苦虫でも嚙《か》み潰したような顔をして「わかったよ」と返事をする。さすがの宗介も、高木には頭があがらないようだ。心の中で感心していると、高木と目が合った。

「では、目黒さま。まいりましょうか」

「え？」

宗介に「歩けるか？」と問われ、訳がわからないまま頷けば、静かに身体を下ろされた。

「高木に家まで送ってもらえ」

「え？　ま、待ってくださいよ！　私も残ります！」

千里が言うと、少し離れた場所でこちらを見守っていた烏島が「だめだ」と首を横に振った。

「ここに残っても、きみにできることはない」

「でも」

「目黒くん、今日は早く帰って休むことがきみの仕事だよ」

柔らかな声色だが、反論を許さない強さがあった。体調もすぐれない今、従うしかない。

「……わかりました」

「いい子だ。高木さん、ちょっと」

烏島は高木のそばに寄ると、千里の鞄を渡しながら、なにか耳打ちする。高木は頷くと、千里に微笑みかけた。

「さあ、目黒さま。お送りいたします」

後ろ髪を強く引かれる思いで、千里は高木とともに神社を後にした。

＊　＊　＊

千里の姿が消えてから、烏島は宗介を振り返った。

「さて宗介くん——人を拷問した経験は？」

月に照らし出された烏島の笑みは、一瞬、真夏の蒸し暑さを忘れてしまうほど、冷たいものだった。

翌日、千里は目の前のドアを、緊張した面持ちで見つめた。

ここに来る前に覚悟はしてきた。千里は深呼吸して、ドアノブを握る。

「――おはようございます」

質屋の二階にある烏島の部屋に足を踏み入れた千里は、視界に入ってきた光景に目を見開いた。

デスクチェアに座っている烏島の膝の上に、横抱きになるような体勢で女が乗っていた。化粧がしっかり施された派手な顔立ちに、明るく染めた長い髪。白いシャツからは胸の谷間がのぞいている。

「あら、お客様？」

千里に気づいた女が、烏島に尋ねる。鼻にかかったようなハスキーな声が、色っぽい。

「仕事を手伝ってもらってるんですよ」

「ずいぶん若い子を雇ったのね」

女は笑って、烏島の膝から下りる。深くスリットが入ったタイトスカートからは、肉感的な足が伸びていた。ヒールの高い靴を履いているが、それを抜きにしても背が高い。

「じゃあ、あたし行くわね」

「ええ、また」

烏島は軽く手をあげ、いつになくいい笑顔で女を見送る。

女はドアの前で立ち竦む千里をちらりと見ると、艶然とした笑みと香水の匂いを残して、部屋を出ていった。

「……今の人、誰ですか？」

「知り合いだよ。仕事を頼んでいたんだ」

「膝の上に乗って仕事の話をするんですか？」

「そういうスタイルなんだよ」

千里はなぜか胸のあたりがムカムカするのを感じた。これも生理の影響なのだろうか。

「目黒くん、座りなさい」

原因不明の胸焼けを感じながら千里がソファに座ると、烏島が茶器の載ったトレイを持って千里の向かいに座った。烏島はポットから美しいカップに茶を注ぐ。部屋の中にお茶のいい香りが漂うが、千里に出されたのは紅茶ではなく、温かいりんごジュースだった。

「飲みなさい」

「あの、仕事は」

「飲みなさい」

「……いただきます」

烏島に気圧《けお》されて、千里はカップを手に取った。

昔、保健体育の授業で、生理中にカフェインを摂るのはよくないと習ったような気がする。つまり、このりんごジュースは烏島の気遣いだ。千里は複雑な気持ちになった。

今思えば、昨夜アパートに帰る途中に、高木がコンビニに寄ってくれたのも烏島の指示だったのだろう。そのおかげで千里は生理用品を買って帰ることができたのだが、ありがたく思う反面、いたたまれない気持ちになった。

「目黒くん」

ちびちびりんごジュースを飲んでいると、凛《りん》とした声が名前を呼んだ。

顔をあげれば、烏島のまっすぐな視線に射抜かれる。

「僕が今日きみを呼び出したのは、話をするためだ」

ああ、ついにきた——千里はカップを置き、姿勢を正した。

「あの私、クビなんでしょうか？」

「クビ？」

烏島が怪訝《けげん》な顔をする。

「え……違うんですか？」

「違うよ。僕がしたいのは昨夜の話だ」

呆れたように言われ、千里ははっとした。

「そうだ、あの男たちはどうなったんですか？　神主や陽子さんは——」

「ストップ」

烏島が手をあげて、矢継ぎ早に質問をしようとした千里を遮る。

「その話はあと。先にきみの話をしよう」

「私の話？」

「そう。きみの『身体』の話」

身体の話。千里は顔を強張らせた。避けては通れないだろうと思っていたが、いざ話を振られると身構えてしまう。

「体調はどう？」

「……大丈夫です」

烏島は少し考えるように顎を撫でてから、再び千里に視線を戻した。

「目黒くん、きみの血縁者に、きみと同じように特別な能力を持っている人間はいた？」

「いないですけど……どうしてですか？」

「きみの力が遺伝的なものかそうでないのか、気になって」

遺伝――その言葉に、千里の心臓が嫌な音を立てた。

「きみも、それを気にしてる」

千里は人の心を視ることはできないが、烏島はできるのではないだろうか。そう思わされるほどにいつも烏島には心の内を見透かされている。

「生理がなくても困らないときみが言ったのは、そのせいなんだろう？」

千里は俯いた。口先だけで否定しても、烏島の前ではきっと意味をなさない。

「……自分のような力を持ったら、不幸になるだけだから」

この力でたくさんのものを壊し、失った。そんな思いを、もし自分の子供にさせることになってしまったら――千里は責任を取れない。

「目黒くん」

顔を上げると、烏島が千里をまっすぐに見据えていた。

「僕はきみの所有者だ」

所有者――心の中で烏島の言葉を反芻《はんすう》する。

「きみの考えを否定する気はない。でも僕は所有者として、きみの健康状態を把握し、管理する責任がある。仕事にも差し支えるしね。だからなにか異変があれば必ず病院に行ってもらう。いいね？」

『家族』という言葉に懐疑的になっていた千里には、烏島の『所有者』という言葉が、これまで耳にしたどんな言葉よりも確かなものに思えた。

「……わかりました」

千里が頷くと、烏島は満足げに頷いた。

「でもこれで、きみの力の不調を解明するきっかけが摑めそうだ」

「どういうことですか……？」

烏島は飲んでいた紅茶のカップを置いた。

「きみの力の不調には、月経が関係しているんじゃないかな」

「月経……ですか」

「前に、買い取った合鍵を視てもらったことがあっただろう？　あのとき、血の匂いを感じたような気がしてね。もしかしたらと思ったんだ」

そういえば、烏島はソファで覆いかぶさるように千里に接近してきた。まさかあのとき匂いを確かめていたとは――羞恥で顔が熱くなる。

「昔から巫女《みこ》や魔女が、月のものの影響で力を使えないという話がよくあるだろう。あれはただの言い伝えとは言い切れない。現代医学では、女性が生理前や生理中に体調が悪くなったり気分が落ち込むことがあると判明してる。目黒くんの力は自身の体調や精神状態が関わっていることが明白だから、生理によって力に不調が生じるのも、不自然なことじゃない」

　確かに著しく不調を感じ始めたのは、生理が始まる少し前からだ。

「あの……ということは、私が力を使えないのは生理のあいだだけってことですか？」

「それは終わってみないとわからないね」

　確かにそうだ。とりあえず今は、生理が終わるのを大人しく待つしかない。

「あの……烏島さん」

　もうひとつ、千里は烏島に確かめたいことがあった。

「なに？」

「力が使えなくても、私を雇ってもらえますか？」

　烏島は不思議そうに首を傾げた。

「なんだい、急に」

「烏島さんに来なくていいって言われて……力が使えないからクビにされるのかもしれ

ないって」

「ああ。それであのとき、きみはショックを受けたような顔をしてたのか」

烏島は思い出したように言う。

「店に来させたら、きみはどうせ陽子さんの件で力を使おうとすると思ったから、体調が落ち着くまで二、三日休ませるつもりで言ったんだ」

「え……そうだったんですか？」

自分が思いつめていたのは勘違いだったのか——千里は身体中から力が抜けるのを感じた。

「僕の言い方が悪かったかもしれないけどね。まさかそのせいで、きみが暴走するとは思わなかったよ」

「……すみません」

身を縮めた千里を見て、烏島は微笑んだ。

「力を使うのは、僕が許可を出すまで絶対に禁止だ。さもないと本当にクビにするよ」

「わかりました」

烏島は本当にそうするだろう。笑顔なのに目が笑っていないのが、いい証拠だ。

「さて——そろそろ昨日の話に移ろうか」

烏島がポットを置く音に、千里は背筋を伸ばした。

昨夜は先に帰らされてしまった。あのあと、烏島と宗介がどうしたのか、ずっと気になっていた。

「私、烏島さんに訊きたいことがたくさんあるんです」

「それは僕の台詞《せりふ》だよ、目黒くん」

烏島は長い脚を組み替えて、にこりと笑った。

「きみ、僕に話してないことがあるだろう？」

闇に棲む魔物

「話してないこと……？」

「昨日のきみの行動について。どうしてきみは、青珠神社に行ったのか」

その質問には、昨夜、答えたはずだ。

「それは陽子さんのことが気になったからって……」

「それは昨日も聞いた。どうして急に陽子さんのことが気になったのかを僕は知りたいんだ」

千里の頭に、宗介の顔がよぎった。

宗介のあとをつけたことを話せば、宗介が神主と会っていたことも話さなければならない。しかし宗介は、神主と会ったことがないと嘘をついていた。

烏島相手とはいえ、告げ口のような真似はどうしてもできなかった。陽子の件に関する大事なことなら、宗介が自分から烏島に話すだろう——そう自分を納得させる。

「……郷土資料館に行ったんです」

「郷土資料館？」

「市立図書館で、郷土資料館に地元の家紋について書かれた本があると教えてもらったんです。陽子さんがアルバイトしていたところだし、一度行ってみようって。その帰りに青珠神社に行くバスを見かけて……思わず乗ってしまいました」

正確には、青珠神社に行くバスに乗る宗介を見かけてあとを追ったのだが、説明を省いただけで、嘘をついているわけではない。

「郷土資料館で、なにか収穫はあった？」

「地元の家紋が載った本を見つけました。四篠家の家紋がそれに載ってました。力が使えなかったから、陽子さんがその本を見たかどうかは確かめてません」

「きみが辿り着けたんだから、間違いなく陽子さんも見ただろう。他には？」

「陽子さんのことを知ってる女性職員がいたんですが、陽子さんの名前を出したら嫌な顔をされて……」

「嫌な顔？　なにかあったのかな？」

「わかりません……なにもなくても悪口を言いそうなタイプの人でしたけど」

なにか問題があったのだとしたら、その原因は陽子ではなく、あの女職員の方ではないか。よく知らないのに失礼かもしれないが、千里はどうしても陽子の肩を持ってしまう。

「他には？」

「その職員は七柱の伝説は知ってたけど、『人間』が捧げられていたとは知らないみたいでした」

「あそこに、伝説に関する資料は残ってないのかな？」

「目録を調べましたが、それらしきものは見つからなくて。その職員に訊こうと思ったんですけど……相手にしてもらえなかったんです」

烏島は千里が言いたいことをくみ取ったのか、考えるように顎を撫でた。

「もし今度、彼女に話を訊くことがあるなら、宗介くんを一緒に連れていきなさい」

「どうしてですか？」

「そういうタイプは、若いイケメンには親切だったりするからね」

「烏島さんは一緒に行ってくれないんですか？」

「あいにく僕は若くない」

イケメンは否定しないのかと思いつつ、千里は「次はそうします」と返事をした。そしてふと、昨夜からずっと引っかかっていた疑問が湧き上がる。

「あの、昨日、どうして烏島さんと宗介さんは青珠神社に来たんですか？」

千里が青珠神社に行った理由よりも、烏島と宗介が示し合わせたように青珠神社に来た理由の方が謎だった。

「宗介くんから電話を貰ったんだよ」

「宗介さんから?」

「『千里は店にいるか?』と」

一瞬、烏島に名前を呼ばれたのかと思いドキリとしたが、すぐに宗介の真似をしただけだと気づく。

「僕が『いない』と答えたら、宗介くんが連絡を取りたいと言うから、きみの携帯に電話したんだよ。でも、何度かけてもきみは出ない。なにかあったんじゃないかと思って、居場所を調べさせてもらった」

「調べたって、どうやって——」

千里は、はっとした。行く先々で見かけるカラスたち。監視するような黒の眼。そして烏島という浮世離れした男。

「もしかして、カラスを使って調べたんですか……?」

「カラス?」

「神社にカラスがいて、私を見てたんです。今までも行くところ行くところでカラスを見たし……もしかして、烏島さんがカラスに監視させてたのかもって……」

おそるおそる千里が訊くと、烏島は心底呆れたような顔をした。

「あのね、目黒くん。カラスの棲息数がどのくらいか知ってる？　行くところ行くところで見かけるのは当然じゃないか」

「で、でも烏島さんならできそうな気がして……」

「カラスを操る質屋ね。小説にするならなかなか面白い設定だけど、あいにく僕はそんな中二病的な能力は持っていない。調べたのは、きみの携帯のGPSからだ」

烏島が携帯電話を「肌身離さず持っておくように」と言って渡したのは、なにかあったとき千里の居場所を知るためだったらしい。

烏島に特殊能力がないと知った千里は、ほっとしたような、そして少しがっかりしたような気持ちになった。

「それで一緒に神社に来たんですか？」

「いや、一緒じゃない。僕はひとりで行くつもりだったからタクシーを呼んだ。宗介くんは、高木さんに無理を言って車を出させたようだ」

烏島がテーブルに封筒を置いた。

「……なんですか？」

「きみが郷土資料館や神社に行っているあいだに、調べてもらった」

封筒には『鳩村《はとむら》』というサインが入っている。中には、文字がぎっしり書き込まれた書類が入っていた。

「そこに書かれていることを、かいつまんで説明するよ。青珠神社の神主——正しくは宮司だけど、彼の名前は清水公一《しみずこういち》。四十八歳、独身。母親は公一が子供のころ病気で死亡、父親は行方がわからない」

「行方不明……ですか」

「うん、二十年ほど前にね。青珠神社の評判が著しく悪くなったのも父親が出ていったころからだそうだ。清水は実家を売り払い、クラブ遊びに興じて、神事を疎かにするようになった」

二十年——ずいぶん昔だ。父親になにがあったのだろう。

「昨日のチンピラは、クラブ通いが縁で清水と知り合ったらしい。主な仕事は脅迫、暴行。普段は風俗の客引きや白タクなんかをやってる。清水に雇われて、玉串料の強引な搾取をおこなっていたのも彼らだ」

脅迫、暴行——湧き上がる嫌悪感に、千里はスカートの上で拳を握る。

「……あの男たちは、どうなったんですか？」

「脅迫、暴行行為で警察に引き渡した」

脅迫はともかく、暴行していたのは烏島と宗介のような気もするのだが、そこはふたりがうまくやったのだろう。同情する気はさらさらないが、昨夜の烏島と宗介の息の合いっぷりを思い出すと、うすら寒い気持ちになる。

「あの、それで私のことは……」

「きみが事情を聴かれることはないから大丈夫だよ」

千里は少しほっとした。

「神主……清水の居場所はわかったんですか？」

「いや、わからない。神主が行方不明ということで、青珠神社は一時的に七杜の管理下に置かれることになった。昨夜から宗介くんが神社の敷地内に警備を入れてるけど、清水が神社に戻ってきた形跡はないそうだ」

「あの男たちがなにか知ってるんじゃないですか？　鶴野先生のところに行ったのも、あの男たちでしょ？」

神主に雇われていたなら、なにか知っているはずだ。

「鶴野医師のところに行ったことは認めたよ。でも、それは文字通り神主についていっただけだ。彼らはなにも知らなかった。清水の居場所はもちろん、儀式も、陽子さんのことも、お堂の存在もね」

「なにも？」

千里は目を見開いた。

「嘘をついているのかもしれません」

「もちろん裏は取るよ。まあ、あそこまでされて嘘をつき続けていたというのなら、大したものだけどね」

「あそこまでって?」

千里が訊き返すと、烏島は笑顔で「なんでもない」と首を横に振る。

「でも有益な情報も持っていた。四日前の夜、あの男たちのうちふたりが、清水の指示で大きな荷物を神社に運び入れた」

「大きな荷物ってなんですか」

「スーツケースだよ。ちょうど人ひとり、入れるような」

人ひとり——それはすぐに、お堂の中に閉じ込められていた女と繋がった。

「それって……まさか……」

顔色を青くする千里に、烏島は頷いてみせた。

「きみが想像している通りだと僕も思う。清水が指定したのは神除《かみよけ》市の外れにある公園の駐車場。そこで男たちは、年配の男からスーツケースを受け取った」

「年配の男?」

「うん。でも残念ながら、相手の素性はわからない。ほとんど会話もなく、受け渡しには五分もかからなかったそうだ。スーツケースはかなりの重さで、鍵がかかっていた。男たちはそれを神社まで運び、清水に渡した。そのあとのことは知らないと言ってる」

スーツケースの中に入っていたのが陽子だとすれば、引き渡した年配の男というのはいったい何者なのだろう。

「いずれにせよ、清水が儀式について秘密主義を貫こうとしていたのは確かだ。普段から清水は神社に寝泊まりして、他人を近寄らせなかったという話だ——四日前に泥棒が入るまでは」

「泥棒？　なにか盗まれたんですか？」

「わからない。よっぽど大事なものだったのか、清水はかなり神経質になっていたらしい。男たちに神社のあちこちに鍵をつけるよう命令したり、夜間は神社の見回りをさせていた。そこにきみが忍び込み、泥棒と間違えられたわけだ」

千里はそこで初めて、どうしてあの男たちに自分が泥棒扱いされたのか、納得した。

「じゃあ、昨夜もあの男たちは見回りで神社に？」

「ああ。いつもなら清水に声をかけてから見回りを始めるんだけど、昨夜はなぜか姿が見えなかったそうだ」

「清水は陽子さんを連れて、どこかに逃げた……？」

陽子は生け贄だ。あまり考えたくないが、儀式の結末は他の六社でも同じだった。青珠神社だけ例外ということはないだろう。焦りが千里の心を侵食する。

「陽子さんの行方を知るには、儀式の内容を詳しく知るのが一番の近道だと思う」

「でも古文書もないし……どうするんですか？」

「それについては別の方法を考えてる。しばらくきみは待機だ」

仕方ないとはいえ、待つだけというのはもどかしい。そう千里が考えていると、烏島と目が合った。

「わ、わかってますよ、待機します」

無言かつ笑顔で凄《すご》むのはやめてほしい。

「あとひとつ、気になっていることがある。きみ、お堂で気絶させられたと言っていたけど、相手の顔は見た？」

「いいえ。背後から突然布を当てられて、そのまま気を失ったので見てません」

「その布から、なにか匂いはした？」

千里は記憶を辿《たど》るが、まったく思い出せない。

「わかりません……お堂にはお香が焚かれていて、甘い匂いが充満してましたから」

「本殿で焚かれていたものと同じかな？」

「たぶん」

あの独特の甘い匂いは、忘れることができない。思い出すだけで気分が悪くなる。

「目が覚めたとき、きみは洞穴の外にいたんだよね」

「はい」

「おかしいな」

「おかしい？」

千里は首を傾げた。

「陽子さんを連れ出したのが清水だとしたら、目黒くんを気絶させたのも清水のはずだろう。どうしてわざわざきみを洞穴の外に連れ出したのかな」

＊　＊　＊

千里は冷蔵庫から玉ねぎとジャガイモ、ニンジンと、冷凍の豚肉を取り出した。

今日はカレーだ。多めに作って、明日はカレーうどんにしようと思いながら、千里は玉ねぎの皮を剝く。

『どうしてきみを洞穴の外へ連れ出したのかな』

仕事から帰ってずっと、烏島に言われた言葉が千里の頭に引っかかっていた。

確かに烏島の言う通りだった。その場で拘束することも放置することもできたはずなのに、なぜ洞穴の外に連れ出したのだろう。それも、いつでも逃げ出せるような状態で、だ。

悶々《もんもん》としながら玉ねぎの皮を剝き終えたとき、部屋のインターホンが鳴った。

無視して玉ねぎを刻み始めるが、千里が部屋にいることを知っているかのようにインターホンは鳴り続ける。

「もう！　出ますよ、出ます！」

ブツブツ言いながら手を洗い、玄関に向かう。千里の住んでいるアパートの部屋にはドアスコープがない。新聞の勧誘なら、追い返さなければと思いながらドアを開けた。

「……宗介さん？」

西日に照らされながらそこに立っていたのは、制服姿の宗介だった。

カレーと和解

「――腹が減った」

宗介はそう言って、持っていた青色のビニール袋を千里に向かって突き出した。『池田商店』という、このあたりでは見かけない店の名前が入っている。中を覗くと、大小さまざまなナスがたくさん入っていた。

「ナス？　どうしたんですか、こんなにたくさん」

「……おすそわけだ」

「おすそわけ？　もしかして、平吉さんですか？」

七杜家の料理人である平吉の名前を出すと、宗介は「ああ」と曖昧《あいまい》に頷いた。それにしても、袋の中のナスはかなりの量だ。

「……ありがたいですけど、この量はさすがに食べきれませんよ。ナスってそんなに日持ちしないし」

先日、鶴野からも野菜を貰って帰ったばかりなのだ。冷蔵庫も小さいので正直困る。

「安心しろ。俺も食べるから」

「どこで？」

「ここでだ」

なぜか当然のように言い放つ宗介に、千里は「へっ」と間抜けな声をあげた。

「待ってください、なに勝手に決めてるんですか！」

「いいだろ別に。金なら払うぜ」

「よくないです！　だいたい私にお金を払うくらいなら、お店で食べた方がいいと思いますよ。では、さようなら」

千里がドアを閉めようとすると、宗介が革靴を隙間にねじ込んできた。名家の長男ではなく、悪徳取り立て屋のような行為だ。

「食わせてくれるよな？」

烏島に笑顔で凄まれるのも怖いが、宗介に凄まれるのもかなり怖い。ここで「食わさねぇ」と言える人がいたら、お目にかかりたいくらいだ。

千里は袋のナスと宗介を見比べて、ため息をついた。

「……条件をのんでいただければ」

「条件？」

訝《いぶか》しげに目を細める宗介に、千里はドアを指さした。

「――とりあえず、買い物に行ってきてください」

＊　＊　＊

「宗介さん、ボンボンなのにひとりで買い物できたんですね」

「ボンボンって言うな。それに買い物くらいひとりでできる」

千里の背後でカレーの鍋を眺めていた宗介は、心底嫌そうな顔をした。

食事を作る条件に千里が買い物を命じると、宗介は意外にも素直に応じた。頼んだのはひき肉と宗介が使う食器だ。スプーンと箸、コップにカレーを食べるための皿だけでよかったのに、なぜか買い物袋の中には茶碗にお椀、マグカップという頼んでいないものまで入っていた。

いくら金持ちとはいえ、高校生に全額払わせるのはどうかと思い直した千里は、食費の半分を出すと言ったが、宗介は受け取ろうとしなかった。仕方なく、千里は光熱費と手間賃という名の迷惑料として甘えることにした。

今晩のメニューは、ひき肉とナスのカレーに生姜醤油で食べる焼きナスである。ナスが入った袋の底になぜか一個だけ入っていたトマトは、そのまま切って皿に載せる。

カレーは大量に作ったので、余ったらチーズをのせてカレードリアにすることにした。宗介が買ってきたひき肉は普段千里が買わない上等な品なので、きっとおいしくできるだろう。

「宗介さん、ごはんと一緒になに飲みますか?」

千里は首に巻いたタオルで汗を拭いながら、宗介を振り返った。

「なにがあるんだ?」

「麦茶か牛乳の二択です」

「麦茶。あの位牌は誰のだ?」

宗介の視線は、部屋の隅にある組み立て式のテーブルに向いていた。そこに置いてあるのは、両親の位牌だ。

「私の両親です」

「……亡くなったのか?」

「はい。事故で」

宗介は神妙な面持ちで千里を見た。

「線香あげさせてもらっていいか?」

「……どうぞ」

千里がグラスに麦茶を注いでいると、おりんを鳴らす音がした。目をやると、正座をした宗介が位牌に向かって頭を下げている。部屋にあがる際、宗介が靴を揃えていたのを思い出した千里は、やはり育ちがいいのだなと感心した。

「できましたよ」

千里はテーブルに料理を並べてから、宗介にこの部屋にひとつしかない座布団をすすめる。しかし宗介は座布団を断り、畳の上に直に胡坐《あぐら》をかいた。

宗介は制服のネクタイを緩めながら、汗をかいたグラスから麦茶を飲む。

「暑いな。クーラーはつけないのか？」

「なに言ってるんですか。汗かきながらカレーを食べるのが夏の醍醐味《だいごみ》なんですよ」

この部屋にも古いクーラーはついているが、使用するのは特に寝苦しい夜の数時間だけと決めている。開けた窓からは、緩いが風が入ってきているので、今日はまだ過ごしやすい方だ。

「いただきます」と言って千里が手を合わせると、宗介も黙って手を合わせた。

ナスとひき肉のカレーは、なかなかいい出来だった。やはり高いお肉は違うなと思いながら宗介の方を見ると、難しい顔をしてカレーを口に運んでいた。

「もしかして、口に合わなかったですか？」

「……カレーは甘口だろ」

真顔で「カレーは甘口」とのたまう宗介に、千里は噴き出しそうになった。残念ながら千里のカレーは辛口だ。

「顔に似合わず子供舌なんですね、宗介さん」

「顔は関係ねぇだろ」

宗介が睨んでくるが、不思議と怖くない。可愛いところもあるのだなと、少し意外に思った。

「すみません。でもこれが私の味なんですよ」

「普通はそこ、家の味って言うんじゃねぇのか？」

「母の料理って、あんまり覚えてないんですよね」

両親は共働きで忙しく、あまり一緒に食事を摂らなかった。千里が一番よく覚えている『うちの味』は、パックのまま出される惣菜の味だ。

ふいに視線を感じ、千里が皿から顔をあげると、宗介がなんとも言えない表情でこちらを見ていた。

「そんなに辛いなら、ヨーグルトでもかけますか？　加糖でよかったらありますよ」

「アホか、んなモンいらねぇよ。……まあ、辛いけど味はうまい」

宗介はそう言って、カレーを口に入れる。もしかして気を遣っているのだろうか。千里は落ち着かない気持ちになりながら、カレーを食べた。

「そういえば昨日、私になにか用があったんですか？」

食事が終わり、麦茶を飲みながらひと息ついているときに、ふと思い出した。

「なんのことだ？」

「宗介さん、昨日烏島さんに電話をかけたでしょう？　私がいるか、って」

宗介の電話で、烏島が千里の居場所を確認する流れになり、結果的に助かった。

「宗介さん？」

黙り込んだ宗介を見て、千里は首を傾げた。

「ああ……昨日な。あんたと少し話をしたかったんだ」

「話？」

宗介はグラスに残った麦茶を飲み干し、千里に向き直った。

「悪かったな」

「……なんの謝罪ですか？」

「無理やり訊き出そうとしただろ、あんたのこと」

自分の『力』のことだ——千里は身構えた。

「俺はあんたが人の心を視ることができるんじゃないかって疑ってた」

「人の心？」

「ああ。俺の考えてることを全部見透かされてるんじゃないかと思ってな。八つ当たりしちまった」

確かに自分の心を見透かされているかもしれないと思えば、不安にもなるだろう。千里の両親も、そうだった。

「……私、人の心は視えませんよ」

千里は、空になった宗介のグラスに麦茶を注ぐ。

「私に視えるのは、『過去』なんです」

宗介が怪訝な顔をした。

「過去……？」

「モノに触れると、それに関わった人や出来事が、映像のように浮かんでくるんですよ」

宗介に驚いた様子はなかった。七杜の屋敷や神社での出来事で、ほぼ見当はついていたのだろう。

「モノだけか？　人は？」

「生き物に触れても、なにも視えません」

「……モノっていうのは、具体的にはどんなものだ？」

「人工物、だと思います。たとえば地面に転がってる石に触れてもなにも視えないけど、宝石なら視える」

以前、烏島が人の思念がどうのこうのと言っていたが、人工物にはその思念が遺《のこ》りやすいのかもしれない。検証したわけではないが。

「……じゃあ、あんたは陽子さんのペンダントに触れて、そこに刻まれてた模様を知ったのか？」

「いえ、モノの状態が悪いとなにも視えないんです。陽子さんのペンダントは燃えてしまっていたから……ペンダントの模様を知ったのは、お屋敷の書庫で過ごす陽子さんを視たときです」

千里が言うと、宗介は少し考えるように宙を見つめる。

「……陽子さんが古文書を持ち出したことも、儀式がおこなわれたことも、全部その力で知ったのか？」

「はい」

「今ここで、俺がなにかを視てくれと言ったら、できるのか？」

千里は首を横に振った。

「今は体調がよくないから無理なんです。モノの状態だけじゃなく、自分の体調にも左右されるから……とにかく宗介さんの心を覗き見たりはできないので、安心してください」

千里がそう言うと、宗介は決まり悪そうな顔をした。

「……どうして俺に力のことを話す気になった？」

「だって宗介さん、だいたい見当はついていたでしょう？」

宗介は勘がいい上に、頭も良さそうだ。千里の行動と調査の結果で、とっくに気づいていただろう。

「まあそうだが……それだけが理由なのか？」

「はい」

千里の返事に、なぜか宗介は不満そうだった。いったいどういう理由ならよかったのだろう。

「まあいい。とにかく、いろいろひどいこと言って悪かったな」

再び宗介から謝罪され、千里は居心地が悪くなった。

「謝らなくていいですよ。正直に言うと、ほとんど忘れてたし」

「忘れてただと……？」

宗介に謝られるのも怖いが、低い声で凄まれるのはもっと怖い。

「怒らないでくださいよ。そりゃあ、宗介さんの言葉に傷つかなかったと言えば嘘になりますけど。神社では宗介さんに助けてもらったわけだし、とりあえずこれでおあいこってことにしませんか？」

千里が提案すると、宗介は呆れたように千里を見る。

「おあいこか……あんた人が良すぎるぞ」

「そうでもないと思いますけど」

怒り続けるのは難しい。疲れる上に、面倒だ。

「そうでもあるさ。烏島に雇われてるのは、あんたが持ってる力のせいなんだろ？」

「はい」

「やめとけ」

千里はぱちぱちと目を瞬かせた。

「あそこで働くのはやめろ。金が要るなら、俺がいい仕事を紹介してやる」

「嫌ですよ。なんで高校生に仕事を紹介されなきゃならないんですか」

名家の坊ちゃんにどれだけ伝手《つて》があるのか知らないが、千里にもプライドというものがある。高校生に仕事を斡旋《あっせん》してもらうなど、冗談ではない。

「烏島は、あんたが思ってるような甘い男じゃないぜ」

「わかってますよ」

「絶対わかってねぇ」

「わかってますったら」

宗介が舌打ちした。

「あんたは無防備なんだよ。そんなだから烏島にもつけ込まれるんだ」

「つけ込まれる？」

「そうだ。昨日だって神社で——」

宗介の言葉を邪魔するように、スカートのポケットに入れていた千里の携帯電話が鳴った。烏島からだ。

「すみません。仕事の電話なので出ますね」

千里は慌てて宗介から離れると、通話ボタンを押した。

「もしもし、目黒です」

「僕だよ」

電話の向こうから耳触りの良い声が聞こえてきた。

「烏島さん、どうしたんですか？」

「神社について、新たにわかったことがあってね」

「青珠神社ですか？」

　話の途中で、横から伸びてきた手に携帯電話を奪われてしまった。

「宗介さん、返してください！」

「もしもし、俺だ――あ？　ちょっと用があったんだよ。んなことするわけねえだろ」

　慌てる千里を片手で器用に押さえ込みながら、宗介は烏島と話し始めた。

「それは知ってるぜ……そうか、それで？　……わかった。ああ、伝えておく」

「じゃあな」と言って、宗介は電話を切った。千里はキッと宗介を睨みつけた。

「人の電話に勝手に出るなんて！」

「俺と一緒にいるのに電話に出る方が悪い。つーか、この携帯電話は誰のだ？」

「私のですよ！　烏島さんから支給されたんです！」

「そうか」

　宗介は頷くと、自分の携帯電話をポケットから取り出し、慣れた手つきで、ふたつの携帯電話を操作する。

「なにしてるんですか？」

「俺の番号を登録してる」

「なに勝手なことしてるんですか。私用の携帯電話じゃないんですよ、それ」

「俺は依頼人なんだから問題ねぇだろ」

しばらくして戻ってきた自分の携帯電話に『七杜宗介様』と登録されているのを見て、千里は脱力した。

「じゃあ行くぞ」

グラスのお茶を飲み干した宗介が立ち上がる。

「あ、お帰りですか？　さようなら」

「ちげぇよ。あんたも行くんだよ」

「どこにですか？」

首を傾げる千里に、宗介が鞄を押しつける。

「烏島のところに決まってんだろうが」

＊　＊　＊

「僕は宗介くんまで呼んだつもりはないんだけどね」

烏島はデスクに肘をつき、組んだ両手の上に顎を乗せて、にこにこと笑っている。

「俺は依頼人だぞ。別に同席したってかまわないだろ」

一方の宗介は来客用のソファで脚を組み、不敵な笑顔を浮かべていた。

なんなんだろう、この空気。

烏島と宗介のちょうど中間にあたる位置に所在なく立っていた千里は、部屋に立ち込める不穏な空気に、冷や汗をかいていた。

どうやら先ほどの烏島の電話は、千里を店に呼び戻すものだったらしい。宗介と一緒に二階の事務所に入ったときから、この不穏な空気が続いている。

「目黒くん、男を簡単に部屋にあげてはいけない。もう少し警戒心を持ちなさい」

「あんたにだけは言われたくねぇな。だいたい俺は女を襲うほど飢えてねぇよ」

どんどん雲行きが怪しくなるふたりの会話に、千里は慌てた。

「大丈夫ですよ、烏島さん。宗介さんは悪い子ではないので」

「ほら見てみろ」

宗介が唇を吊り上げる。烏島はすっと目を眇《すが》めた。

「目黒くん、宗介くんのどこをどう見てそう思ったの？」

「だって宗介さん、カレーは甘口なんです。まだまだ子供なんですよ」

カレーを食べつつ麦茶を何度もおかわりしていた宗介を思い返しながら、千里は言った。

「ああそう……甘口……甘口ね……」

烏島が口元を覆い、俯く。どうやら笑っているようだ。それとは反対に、宗介からは笑顔が消えた。

「千里……おまえ、俺を馬鹿にしてんのか？」

「えっ？　してないですよ」

首を傾げれば「もういい」と突き放された。

「で、烏島。陽子さんについて、なんか動きがあったのか？」

不機嫌そうに宗介が尋ねる。烏島は涙の滲んだ目元を指で拭いながら、首を横に振った。

「残念だけど、陽子さんについてはなにも。拷問……いや、問い詰めたチンピラの方も裏を取ったけれど、やはり訊き出した以上の話は出てこなかった。神社はどうなってるのかな？」

「警備会社に見張らせてるが、今のところ神主が神社に戻ったっていう連絡はないな」

「神主はともかく、儀式の詳細がどんなものかはっきりわかれば陽子さんの行方は絞り込める」

烏島が、千里に言ったことと同じことを宗介にも言う。

「古文書はないし、儀式の内容を知ってる唯一の神主も行方不明だぜ。どうやって調べるんだよ」

「そのことについてだけど、ついさっき、いい知らせが舞い込んでね」

烏島はデスクの上に置いてあったファックス用紙を手に取った。

「二十一年前、青珠神社で神主をしていた男の居場所が判明したんだ」

「二十一年前？」

宗介が怪訝な顔をする。

「そうだよ。二十一年前の儀式は清水公一ではなく、この男が取り仕切っていた可能性が高い」

「それ、誰なんですか？」

その男に会えば、儀式のことだけでなく、陽子の母親である瑠璃子になにがあったのか知ることができる。これが烏島が言っていた『別の方法』なのだろう。

デスクに身を乗り出した千里に、烏島は地図の載った書類を差し出した。

「清水勇三《ゆうぞう》――清水公一の父親だ」

「面会が終わったら、必ず受付に寄ってくださいね」

面会カードを記入し終えると、受付の女性にそう言われた。千里は「わかりました」と返事をしてから、待合室の椅子に座っていた宗介に声をかける。

「宗介さん、行きましょう」

宗介は補習を途中で抜けてきたらしく制服姿だった。宗介は気づいていないようだったが、受付や待合室にいる女性がちらちらと宗介を盗み見ていた。鳥島とはタイプが違うものの、宗介も鑑賞に値する容姿をしている。

「部屋はどこだ？」

「ここを出て右にある建物の三階だそうです」

神主の父親である清水勇三は、神除市から少し外れたところにある老人ホームに入所していた。

昨日、鳥島から神主の父親の存在を知らされた千里は、話を聞くため勇三に会いに行くことにした。当然のように宗介も行くと言い、鳥島は溜め息ひとつで了承した。

エレベーターで三階に上がり、受付で教えてもらった部屋の前に立つ。ネームプレートで名前を確認してから、千里は引き戸をノックした。しかし返事はない。仕方なく「失礼します」と断って、戸を開けた。

中は六畳ほどの小さな部屋になっていた。家具といえば、ベッドと小さな収納があるだけだ。

その部屋の窓際で、車椅子に乗った老人がぼんやりと外を眺めていた。

「――清水勇三さんですか？」

ドアを開けても動く気配を見せなかった老人が、やっとこちらを振り返った。

烏島からの情報で、清水勇三は七十二歳と聞いていたが、年齢よりもずっと老けて見えた。目の周りはどす黒く落ちくぼみ、肌の色も悪い。息子の公一同様小柄で、浴衣から出ている手足はやせ細っていた。

「きみらみたいな若い人が、私になんの用だね？」

「清水さんが神主をしていた神社について、話を聞かせてもらいに来たんです」

千里が言うと、濁った瞳がぎょろりと動いた。

「それなら息子に尋ねた方が早いだろう。私は神主の座をとうの昔に退いてる」

「息子さんは行方不明になっています」

「ほう、そうか」

勇三の反応は薄い。

「連絡を取っていないんですか？」

「息子とは二十年も前に縁を切った。それ以来、顔も見ていないし声も聞いていない。私がここにいることすら、あいつは知らないだろう」

勇三は自嘲する。縁を切ったということは、なにかふたりのあいだで問題があったのだろうか。

「それで私に、神社のなにを訊きたい？」

「『儀式』のことです」

千里の言葉に、勇三の眉がぴくりと動く。

「……儀式とは？」

「神除川の七社が人柱を立てていた話は知ってるだろ？」

それまで黙っていた宗介が、口を開いた。

「はて、それは江戸末期に廃止になったはずだが？」

「だが、青珠神社では続いていた。いや、続けていた、か？」

勇三の瞳が鋭く光った。

「いったいなんのことだ？」

「誤魔化しても無駄だ、じいさん。青珠神社に生け贄を捧げていた四篠家では、儀式が廃止されたはずの江戸末期以降も二十一年ごとに行方不明者が出てる」

そう言い放つ宗介を、勇三はひどく警戒した目で見つめる。

「……きみは何者だ？」

「七杜の人間だ」

それを聞いた勇三は、「はっ」と短く笑った。

「神聖な儀式を廃止に追い込んだ、愚の骨頂の子孫か」

「廃止後も儀式を続けたのはどうしてだ？」

「この地を守るためだ」

隠すつもりがなくなったのか、勇三は躊躇《ためら》いもなく言った。

「人を殺しておいて、守るだと？」

「人殺しは私たちではなく、儀式を廃止した七杜の当主だ」

勇三がギロリと宗介を睨みつける。

「儀式が廃止されたことによって、氾濫した川がもたらした被害は甚大なものになった。数人の犠牲を惜しんだせいで、たくさんの人間を殺すことになったのだ」

「そんなもん、儀式をしなくても変わらなかっただろ？」

「変わる。廃止されたあとも私たちが極秘に儀式を続けたことで、被害を最小限に抑えることができたのだからな」

勇三の目は、なにかに取り憑《つ》かれているような狂気を宿していた。

「それで二十一年前、あんたは四篠瑠璃子を生け贄に、儀式をしたのか？」

「ああ、そうだ」

勇三の返事に、千里は拳をきつく握った。

「青珠神社の儀式ってのは、なにをするんだ？」

感情を押し殺した声で、宗介が尋ねる。

「川が氾濫する前……ちょうど今の季節だ。人間に乗り移った竜神が、清らかな乙女と契りを交わす。そののち、乙女は川底に沈められる。乙女は神の花嫁となり川を鎮める。

それがうちの神社でおこなわれていた儀式だ」

川底に沈められる――その言葉に血の気が引いた。

「その竜神が乗り移った人間てのが、神主か？」

「そうだ。竜の面をかぶり、舞を舞うと、竜神が降りてくる」

本殿で視た映像が、千里の脳裏に蘇る。陽子の身体を貪《むさぼ》っていた神主は、神々しさのかけらもなく、己の情欲のみで動いているように千里の目に映った。

「洞穴のお堂に生け贄の女性を閉じ込めるのは？　あれも儀式に関係しているんですか？」

千里の問いに、勇三はなにかを懐かしむように目を細めた。

「あの場所は女子の胎《はら》だ」

胎——女性の、子宮。

「岩の裂け目から、産道を通り子宮へと繋がる場所……女はそこで禊《みそぎ》を受け、新たな命として生まれ直し、神のもとへと捧げられる」

陽子は禊のためにあそこに閉じ込められていた。身体の自由を奪われ、視界もふさがれて、どれほどの恐怖を感じたことだろう。

「瑠璃子さんがしていた、竜の鱗《うろこ》の家紋が入ったペンダント、あれはなんなんだ？」

「ああ、首飾りのことか。あれは四篠の家に代々伝わるものだ。生け贄となる女子に与えられる、竜の花嫁の『印』だ」

竜の花嫁の印——陽子はそれを、母親の形見としてずっと身に着けていたというのか。

千里はぞっとした。

「四篠瑠璃子は自分が生け贄であることを知ってたのか？」

「知っていたのは瑠璃子の母親だけだ。瑠璃子は儀式についても、自分の血筋についても、なにも知らなかった。だから瑠璃子の母親が睡眠薬を飲ませて、彼女が眠っているうちに儀式を執りおこなった」

「そのあと、あんたは瑠璃子さんを川に沈めたんだな？」

宗介の問いに、勇三は表情を曇らせた。

「……沈めるつもりはなかった」

「嘘をつくな」

「嘘ではない。瑠璃子はひとり娘だ。貴重な四篠の血を絶やさないためにも、私は彼女と交わるだけで儀式を終わらせるつもりだった」

鋭い宗介の視線をはね反し、勇三は言う。

「なら、どうして瑠璃子さんが行方不明になってる？　あんたが川に沈めたからじゃないのか？」

「あれは神の御業だよ」

へらり、と勇三は笑った。

「私は彼女と交わり、家に帰すつもりでいた。だが、儀式の様子を覗き見ていた息子が、瑠璃子に手を出そうとした」

ドクリと千里の心臓が嫌な音を立てる。

「息子も若かった……儀式の手伝いをさせているうちに欲に駆られたんだろう。私が儀式を終え本殿から離れているときに、瑠璃子に手を出そうとした。だが、間の悪いことに薬の効果が切れ、瑠璃子が目を覚ました。彼女は自分の身に起きたことを知り、神社から逃げ出した。その夜は強い雨と風で、天気は大荒れだった。私は息子と一緒に瑠璃子を追いかけた。彼女は神除川に架かる橋を渡ろうとして風にあおられ、増水した川に落ちた」

千里は両手で口元を押さえた。記憶喪失は心に衝撃を受けてなることの方が多いと鶴野は言っていた。瑠璃子が記憶を失ったのは、この親子のせいだったのだ。

「川に落ちた瑠璃子さんを助けなかったのか？」

「儀式では、契りを交わした乙女は川に沈められる。だから彼女が川に落ちたのも必然であり運命だ。すべて、神の思し召しだったのだ」

陶酔したような表情で、勇三は天井を見上げる。

「……今年は二十一年目だ。息子は儀式をやると思うか？」

「あいつなら、間違いなくやるだろう。儀式に対して、私よりも執着していた。こうして絶縁状態になったのも、私が儀式を終わりにしようとしたからだ」

想像していなかった言葉に、千里は驚いた。

「終わりにするつもりだったんですか？」

「私にとっては生け贄の血筋が大事なんだ。四篠の血を引く者でなければ意味がない」

「息子は違うってのか？」

眉をひそめながら、宗介が訊いた。

「息子は生け贄の血筋よりも、儀式を続けることを重要視していたんだよ」

「息子は、どうしてそこまでして儀式にこだわる？」

「儀式はこの地を守るだけでなく、私たちをさらなる高みへ押し上げてくれる」

勇三は力強く言った。

「儀式で竜神が自分に乗り移る――その結果、私たちは神と同じ神聖な存在となれる」

「神になるだと……？」

宗介の怒りに震えた声が部屋に響く。

「ふざけたこと言いやがって……！　てめぇの勝手な野望に瑠璃子を巻き込んで、罪の意識はないのかよ！」

「瑠璃子は儀式によって神と同じ尊い存在となり、川の怒りを鎮めた。竜の花嫁としての役割を果たしたのだ。これは彼女にとっても名誉なことだ」

そう言って、勇三は笑った。狂ったように笑い続けた。

この男はおかしい——常識も良識も通用しない。だからこんなに残酷なことが、平気でできるのだ。

宗介と千里は、黙って部屋を出た。勇三の笑い声は、建物を出るまでふたりの背中を追いかけてきた。

鳩とカラス

「あら、いらっしゃい」

病院の帰り、店に寄った千里を出迎えたのは烏島ではなく、このあいだ烏島の膝の上に乗っていた女だった。

黒いノースリーブのシャツに白いタイトスカートというスタイルの良さを存分に生かした格好で、ソファに優雅に座り、携帯電話を弄っている。テーブルの上には紅茶のカップと書類の束が置かれていた。

「あなたのボスなら一階で接客中よ。しばらくしたら戻ってくると思うわ」

この部屋には烏島以外には価値のわからないコレクションが並んでいるが、中には件《くだん》のエメラルドのような高価な品も置かれている。その部屋に女を残して接客に行ったということは、烏島が相当信頼しているということだ。

「突っ立ってないで座ったら？」

「は、はい」

勢いに押され、千里が向かいのソファに座ろうとすると「そっちじゃなくてこっち」

と強引に女の隣に座らされた。

「あなた、名前は？」

「……目黒千里です」

「千里ちゃんね、よろしく。あたしは鳩子よ」

戸惑い気味に差し出された手を握ると、ぎゅっと握り返された。すごい握力だ。

「千里ちゃん……は成人してるのよね？　いくつなの？」

「……二十二です。この春大学を卒業しました」

スーツを着て化粧をしていても、この質問が飛んでくる。千里は怒る気力もなく、素直に質問に答えた。

「そうなの。どこの大学？」

「朱雀《すざく》女子大ですが……」

「あら、じゃあ、もしかして高校は朱雀女子高？」

「はい」

千里が頷くと、鳩子はぱあっと顔を輝かせた。

「羨ましいわ〜！　あたしセーラー服が好きだったから朱雀に行きたかったんだけど無理だったのよ。結局、ブレザーの鳳凰《ほうおう》に行くことになっちゃって」

「はあ、そうなんですか……？」

鳳凰に入るお金と頭があれば朱雀女子高には余裕で入れたはずだがと不思議に思いながら、千里は相槌を打った。

「千里ちゃんは、廉ちゃんと付き合い長いの？」

「れんちゃん？」

「廉士よ。あなたのボス」

苗字ではなく名前――それも『ちゃん』付けで烏島を呼んでいることに、千里は衝撃を受けた。

「いいえ、最近働き始めたばかりなので……鳩子さんは長いんですか？」

「長いというよりは、深いって感じかな」

勿体つけたようなその笑顔が癇《かん》に障った。『深い』とはどういう意味か詳しく訊きたい気もするが、それと同じだけ知りたくないとも思った。

「もしかして、妬いてる？」

「やく？」

千里が怪訝な顔をすると、それまでニヤニヤ笑っていた鳩子が笑みを消した。

「――あいつはダメだからね」

突然の忠告めいた言葉に、千里は目を丸くする。

「なにがですか？」

「あいつは極度の人間嫌いだから。自分が可愛いなら、深入りしない方がいいわ」

鳩子の口から出る言葉は、どれも単純なはずなのに難解だった。千里はうまく意味をのみ込めない。

「人間の不幸を養分にして生きてるの。普通の人間の手には負えない。特にあなたのような子にはね」

意味をのみ込めないながらも、小馬鹿にされているのは感じ取れた。むっとした千里は、鳩子を睨む。

「鳩子さんの手には負えてるんですか？」

「あたしは負う気ないもん。廉ちゃんとのあいだにあるのは、お金の繋がりのみだし」

烏島と『深い』関係だと思い込んでいたので、鳩子の言葉は意外だった。それが顔に出ていたのか、鳩子はくすりと笑う。

「この店で働いてるなら、千里ちゃんもわかるでしょ？　お金が一番信用できるって」

「……まあ、そうですね」

確かにこの店に持ち込まれるものを見るにつけ、血の繋がりも人との信頼関係も、金の前では儚《はかな》いものだと実感する。千里と烏島のあいだにあるのも所詮は『金』の繋がりだ。だがそれを認めるのは、少し嫌だった。

「ねえ、千里ちゃん」

ふいに肩を押され、バランスを崩した千里は、ソファに仰向けに倒れ込んだ。驚いて顔を上げれば、鳩子が自分の上にのしかかり、微笑んでいる。

「あたしのこと、どう思う？」

「どうって……会ったばっかりでよく知りませんし」

「それもそうね。見た目はどうかしら？　好み？」

「……綺麗だと思います」

好みかどうかという質問はよくわからないが、千里の個人的な感情を含めても、鳩子の美しさは認めざるをえない。烏島と並んでも引けを取らない華がある。

「ありがと。千里ちゃんも可愛いわ。弾力のある肌、みずみずしい唇、清潔な髪……とってもあたし好みよ」

耳元で囁《ささや》かれ、ぞくりとした。マニキュアが施された長い爪が、千里の頰から首筋を這う。

「鳩子さん……？」

「本当に可愛いわね……食べちゃいたい」

鳩子の顔がどんどん近づいてくる。そこでやっと、千里はこの状況がおかしいことに気づいた。

「鳩子さん？　ま、待ってくださ――」

慌てて鳩子の身体を押し返そうとするが、びくともしない。顔がぶつかる――そう思ったとき、鳩子が「げ」と低い声で呻き、動きを止めた。

「なにをやってるのかな？」

いつからそこにいたのか、ソファの傍らに立っていたのは、鳩子の襟首を摑まえている烏島だった。

「ちょっと、なにするのよ、廉ちゃん！」

「あなたこそなにしてるんですか、鳩子さん」

鳩子は素早く身体を起こすと、烏島の手を振り払い、襟元を直す。ソファに転がったまま呆然とそれを見ていると、烏島がまるで荷物のように千里を持ち上げ、鳩子から離れた場所に下ろした。

「目黒くん、きみ、僕になにか言うことは？」

「え？　あ、おかえりなさい？」

いったいなにが起こっているのか理解できないまま千里が言うと、烏島は呆れたように目を細めた。

「……ただいま。それより目黒くん、僕はそのまま帰っていいと言ったのに、なんでここにいるのかな？」

「ええと、そうなんですが……やっぱり会って報告した方がいいかなと思って……」

「報告は電話で聞いた。二度してもらう必要はないよ」

「お、女の人と会う予定があるなら来ませんでした！」

千里が思わず食ってかかると、烏島は微かに目を見張る。

「面白いでしょ。その子、それで無自覚らしいのよ」

コンパクトを覗き込みながら服を整えていた鳩子が、なにがおかしいのか、こちらを見てケラケラと笑った。

「話がややこしくなるから、少し黙っていてくれないか、鳩子さん。目黒くん、きみ、襲われてた自覚はあるの？」

「襲われ……？」

誰が誰に？　千里が首を傾げれば、烏島は鳩子を横目で見た。

「鳩子さん、言ってないんですか？」

「当たり前でしょ。なんでわざわざ言わなきゃなんないのよ、警戒されるじゃない」

「てっきりあなたは男専門だと思っていた」

「馬鹿ね。最近は男が多かったってだけで、好みならどっちでもイケるの。下は取ってないからバッチリできるわよ」

鳩村は千里に向かってバチンと片目を瞑ってみせる。どっちでもいける？　下は取っていない？　意味がわからず烏島を見上げると、大きな溜め息が返ってきた。

「目黒くん……この人は男だよ」

千里は信じられない気持ちで鳩子を見た。確かに、女性にしては声も低く体格もいいが、男には見えない。視線は自然と鳩子の盛り上がった立派な胸元に集中する。

「鳩村剛《はとむらつよし》でーす。剛って呼ばれるの好きじゃないから、鳩子って呼んでね。ゲイバーやってるの。ちなみに、このおっぱいは美容整形の権威の最高傑作よ」

鳩子は石のように固まっている千里に、メタリックな赤色の派手な名刺を差し出した。ゴールドで箔押しされた『夜の蝶《よるちょう》』というのが、どうやらバーの名前のようだ。

「鳩村って……もしかしてこの前の報告書の？」

振り返ると、デスクに寄りかかっていた烏島が頷いた。

「情報屋だよ」

「千里ちゃんはゲイバーじゃなく、そっちに食いつくのね。情報屋は副業よ、お小遣い稼ぎ」

「本業より儲けてるくせに、よく言いますよ」

「やぁね、廉ちゃん。あたしの人気、ナメてるでしょ」

親しげに話を続けるふたりに、千里は次第に俯きがちになる。それに気が付いた烏島が顔を覗き込んできた。

「目黒くん、お腹でも痛いの？」

「……痛くありません」

千里は慌てて横を向く。その先でバッチリ鳩子と目が合い、意味深な笑みを送られた。性別関係なく、この人は苦手だ。

「鳩子さん、じゃあこれ約束の」

烏島は鳩子に封筒を渡す。中に入っているのはお札だった。鳩子は慣れた手つきで二度お金を数えると、自分のバッグにしまう。

「例の件だけど、もう少し時間がかかるわよ」

「そう。引き続きよろしく」

「任せて。じゃあまたね、千里ちゃん」

鳩子はソファから立つと千里の頬に軽く口づけて部屋を出ていく。

「……ついてるよ、目黒くん」

呆然自失していた千里がはっとして頬に触れると、べたついた感触がした。鳩子の口紅だろう。千里は烏島から差し出されたティッシュをありがたく受け取り、頬を拭った。

「きみはもう少し警戒心を持った方がいいね。世界は広い。きみを食べるようなゲテモノ食いもいるんだよ」

「ゲ、ゲテモノだなんてひどいです！」

「失礼、間違えた。世界にはモノズキもいるんだ」

モノズキでも十分失礼だ。千里はそう言い返したいのをぐっとこらえ、烏島に向き直る。

「……烏島さん」

「なに？」

「鳩子さんがいるなら、私は必要ないんじゃないですか？」

鳩子は情報屋だと言った。認めたくはないが――情報を運んでくる鳩子がいるなら、千里の必要性は低い気がする。今は力が使えないので、なおさらそう感じた。

テーブルに置かれた書類を確認していた烏島が、ゆっくりとこちらを振り返る。珍しく唇だけではなく、目も一緒に笑っていた。

「『必要ない』って、きみは僕にそう言ってもらいたいの？」

「……いいえ」

千里は唇を噛《か》んだ。烏島はそんな千里を見て、息をつく。

「目黒くんにやってもらいたいことと、鳩子さんにやってもらいたいことはまったく別だよ。鳩子さんはこちらが欲しい情報だけを集めて運んでくるだけだ。ゼロから調べることはしない。探偵じゃないからね。納得した？」

「……はい」

「じゃあ早く家に帰りなさい」

烏島は千里の肩をぽんと叩くと、デスクに着き、鳩子が残していった書類に目を通し始める。邪魔をすることを承知で、千里は烏島の前に立った。

「——報告は関係なく、烏島さんと話をしたいんです」

烏島が書類から顔をあげた。

「どんな話？」

「儀式のこととか神主のこととか……全部です。誰かと話していないと、落ち着かなくて」

「それならわざわざここに来なくても、宗介くんとしたらよかったじゃないか。最近、仲いいみたいだし」

烏島の認識に驚いた。どこをどう見たら、宗介と仲良く見えるのだろうか。

「……宗介さんとは話をできるような雰囲気じゃありませんでした。ああ見えて繊細だし……」

老人ホームから帰る途中、宗介はずっと無言だった。大人びているとはいえ、彼はまだ子供だ。

「それだと僕が繊細じゃないように聞こえるんだけれど」

「そ、そうは言ってません。ただ、烏島さんは距離の取り方がうまいから。物事に対しても人に対しても、一定距離を保って接するじゃないですか。深入りしないというか、情に左右されないというか」

千里が言い訳するように言うと、烏島は少し意外そうな顔をした。

「なかなか興味深い人間考察だ、目黒くん」

「そうですか？」

「ああ。じゃあ図太く薄情な僕に、思っていることをすべて話してごらん。聞いてあげるから」

烏島はデスクに書類を置き、微笑んだ。どうやら根に持っているらしい。気にしていては話が進まないので、千里は烏島の気が変わらないうちに、話を切り出すことにした。

「あの……陽子さんの実の父親のことなんですけど……」

「清水勇三で間違いないだろうね」

「じゃあ清水公一は――」

「陽子さんの腹違いの兄だろう」

自分の母親を辱《はずかし》めたのが自分の父親、自分を辱めたのが腹違いの兄――おぞましさに、吐き気がする。

「勇三の話によると、息子の公一も儀式に執着していたんだってね」

「はい、息子は四篠の血筋が絶えても続けるって。父親の方はそれに反対で、息子と揉めたって言ってました。ふたりにとって儀式は、自分たちが神と同等の存在になるためのものでもあったみたいです」

「もともと儀式は、川を鎮めるためにおこなわれていたはずだ。それを自分が神になり代わろうとは――おこがましいにもほどがある」

烏島は呆れたように言う。

「烏島さん」

「なに？」

「……陽子さんはどうなったと思いますか？」

これも、宗介にはできない質問だった。

「儀式がすでにおこなわれたのなら、生きている可能性は限りなく低いだろう」

薄々感じていたが、千里が決して口には出せなかったことを、烏島はさらりと言ってのけた。

「ずいぶん淡々としてるんですね」

「これは仕事だよ、目黒くん」

厳しい口調と表情に、千里はぎくりとする。

「生きていても死んでいても、彼女を捜すことに変わりはない。いちいちその場その場の感情に揺さぶられていたら、仕事はできない。きみは誰に感情移入しているの？　陽子さん？　それとも宗介くん？」

「私は別に感情移入なんか……」

「過度の感情移入は自分の目を曇らせることになるよ」

千里は言い返すこともできず、口を噤《つぐ》む。

「とにかく今は待つしかない」

「……なにをですか？」

烏島は微笑んだ。

「清水公一が見つかるか、生け贄の死体が川からあがるか——そのどちらかを」

焼失

翌日、烏島からお使いを頼まれた千里は、七杜家へ向かった。

烏島から渡された封筒と風呂敷に包まれた重箱を抱え、門から屋敷までの私道を蟬《せみ》の鳴き声を聴きながら歩く。前回ここへ来たときは、宗介が一緒だった。ついこのあいだのことなのに、いろいろなことがありすぎて、ずいぶん昔のことのように感じる。

「いらっしゃいませ、目黒さま」

美しい庭を抜けると、豪邸の扉の前に高木が立っていた。

「高木さん、こんにちは」

「暑かったでしょう。歩かずとも門までお迎えにあがりましたのに」

七杜家の門から屋敷までは、普通の家では考えられないほどの距離があるが、歩けないほどではない。なにより千里は迎えなどという待遇を当然のように受けられる性格ではなかった。こうして快く出迎えてもらえるだけでも、恐縮してしまう。

「大した距離じゃないので大丈夫です。こちら、烏島から預かってきたものです」

千里は白い封筒を高木に渡した。高木は封筒の中身を確かめ、「頂戴します」と微笑んだ。

「あの、お借りしていた重箱を返したいんですけど、平吉さんには会えますか？　できれば直接お礼を言いたいんです」

「ええ、もちろん。ぜひ会っていってください。喜びますよ」

高木は千里を屋敷の中へと招き入れた。

「今日、宗介さんは？」

空調のきいた廊下を歩きながら、千里は尋ねた。

「学校でございます」

「そうですか……」

昨日、老人ホームから帰るときに見せた宗介の厳しい横顔が、ずっと心に引っかかっていた。

「宗介さまにご用がおありでしたか？」

振り返った高木にそう問われ、千里は慌てて首を横に振る。

「いえ、大した用ではないんです。どうしてるのかなと思っただけで……」

「戻り次第、連絡を入れるようにいたしましょうか？」

「大丈夫です。宗介さんの携帯番号は知ってるので、また自分でかけます」

なぜか高木は驚いたような顔をした。

「宗介さまが携帯番号を教えられたのですか？」

「あ、はい。どうかしましたか？」

「宗介さまが携帯番号を人に教えることは、ほとんどないんですよ。仲良くしていただけているようで、嬉しいです」

嬉しそうに笑う高木を見て、千里は仕事だからだとは言えなくなった。

「そういえば、青珠神社が七杜家で管理されることになったって聞いたんですけど」

「ええ、廃社にする方向で話が進んでおります」

「はいしゃ？」

千里が首を傾げると、高木は微笑んだ。

「神社を取り壊すんです。すでに潰れているようなものだったのですが、神主も行方不明になっておりますし、トラブルも多く抱えていたようですから」

廃社になることについては、千里も賛成だ。しかし千里には、まだ『視る』必要のある場所だった。力が使えるようになる前に取り壊されてしまっては困る。

「日程はもう決まってるんですか？」

「いいえ、まだそこまでは。宗介さまからは急ぐようにと言われておりますが、いろいろと手続きがありますので今すぐにというのはさすがに無理ですね」

話をしながら歩いていると、厨房に着いた。

「平吉さん、いるかい？」

高木に続いて中に入ると、平吉だけでなくカサネも一緒だった。休憩中だったのか、テーブルに着いているふたりの前には湯呑みやお菓子が置かれている。

「千里ちゃんじゃないか」

千里に気づいた平吉が手招きした。

「ちょうどいい。千里ちゃんもお茶を飲んでいきなさい」

「そうしなさい、そうしなさい。おいしいお菓子もあるよ」

カサネが、頬張っていたどら焼きを掲げてみせる。

「いえ、私はそういうつもりで来たんじゃ」

「ぜひそうなさってください。暑い中歩いてお疲れでしょうし」

千里が断ろうとすると、高木に背中を押された。

「高木さんも一緒にどうだい？　このどら焼きおいしいよ」

「ありがとう。私は用があるから、残念だけどまた今度にさせてもらうよ」

高木は「お帰りになるとき、声をおかけください」と言い残し、厨を出て行った。

「千里ちゃん、お茶は冷たい方がいいかな」

「あ……はい。ありがとうございます」

促されるままに席につくと、カサネがたくさんのお菓子を選り分けてくれた。千里はこのあいだここで夕食を摂ったことを思い出す。あの日はカサネの姪《めい》のサキもいたが、今日は姿が見えない。

「今日、サキさんはいないんですか？」

「お休みをいただいてるんだよ。千里ちゃんは宗介坊ちゃんに会いに来たの？」

本来の目的を忘れかけていた千里は、慌てて風呂敷に包まれた重箱をテーブルに置いた。

「いいえ。今日は平吉さんに重箱を返しに来たんです。この前はお弁当、ありがとうございました」

金箔がはられた漆塗りの美しい重箱は、洗うのにかなり気を遣った。七杜家で使われているのだから、間違いなく高価なものだろう。これを邪魔になるから捨てると言っていた宗介が、本当に信じられない。

「ああ、お弁当のか。お口に合ったかい？」

「はい、とってもおいしかったです。あとナスもありがとうございました」

「ナス？」

平吉が千里の前に冷たい緑茶の入ったグラスを置きながら、首を傾げた。

「はて、ナスとはなんのことだろう」

「宗介さんが家に持ってきてくれたんです……平吉さんが用意してくれたんじゃないんですか？」

「わしは知らないが。カサネさん、知ってるかい？」

二個目のどら焼きに手をつけていたカサネが、不思議そうな顔をする。

「あたしも知らないよ。それ、いつのことだい？」

「二日前です」

「二日前？　宗介坊ちゃんが朝お出かけになるときは、学校の鞄しか持ってなかったと思うけど」

どら焼きを頬張りながら、カサネが言う。

「宗介さん、二日前はどこに出かけたんですか？」

「もちろん学校さ。せっかくの夏休みなのに大変だよねぇ」

学校でナスを貰ったとは思えない。ナスの出どころも気になるが、宗介はどうして千里に嘘をついたのだろう？

「千里ちゃん？　どうかした？」

　黙り込んだ千里を、カサネが心配そうに覗き込んでくる。千里は「なんでもありません」と取り繕うように笑った。

「それにしても宗介坊ちゃん、最近どうしたんだろうね。難しい顔をしてることが多いし、このあいだなんか血相変えて行き先も言わずに屋敷を飛び出していくし」

「……血相を変えて？」

「ええ。坊ちゃんが学校からお帰りになってから、屋敷に電話がかかってきたの。サキが電話を取って坊ちゃんにお繋ぎしたんだけど、その直後に宗介坊ちゃん、慌てた様子で高木さんに車を出すよう言って出かけたのよ。お戻りになったのは、その日の深夜。高木さんも、どこに行ってたかは教えてくれないし」

「……それ、いつのことですか？」

「ええと……確か三日前の夜よ。坊ちゃんが千里ちゃんにナス持っていったっていう日の、前の日」

　千里が青珠神社の本殿で男たちに襲われかけた日だ。

「あの、屋敷にかかってきた電話って、烏島って人からでしたか？」

「あら、千里ちゃん。烏島さんと知り合いなの？」

カサネが意外そうな顔をした。

「あ、はい……カサネさんご存じなんですか？」

「ちょくちょく電話がかかってくるからね。でも会ったことはないよ。なかなかの美声だけど男前？」

それまで黙って話を聞いていた平吉が、カサネをつついた。

「おい、カサネさん。話が逸れてるぞ」

平吉に注意されたカサネは「いけないいけない」と口元を押さえた。

「電話の相手だけど、烏島さんじゃないことだけは確かよ。あとでサキが、何度も名前を訊いたのに名乗らないってボヤいてたから。烏島さんなら、何度もかかってきたことがあるから、あの子も知ってるしね」

「相手は男でした？　それとも女？」

「あたしが出たんじゃないから、それはちょっとわからないわねぇ」

あの夜、宗介が神社に来たのは、烏島に電話して千里の居場所を知ったからだと思っていたが——カサネの話と、なにか噛み合わない。

もしかして宗介は、七杜の屋敷にかかってきた電話によって神社に向かったのではないだろうか？　だとしたら、電話をかけてきたのはいったい誰なのだろう。

新たに湧き上がった疑問が、千里の気持ちを暗くふさいだ。

＊　＊　＊

青珠神社の鳥居にはロープが張られ、立ち入り禁止の看板が取りつけられていた。看板には七杜の関連会社と思われる業者の名前がある。そういえば、神社には警備が入っているとも言っていた。

千里は少し悩んでから、ロープの下をくぐった。

七杜家を出た千里は烏島に電話して、青珠神社の様子を見に行きたいと言った。烏島はわざとこちらに聞こえるようにため息をつき、「今度は助けに行かないよ」と渋々ながらOKしてくれた。

千里が青珠神社に行こうと決めたのは、高木から廃社の話を聞いたからだ。それに明るい時間に一度、清水勇三が『胎』だと言った、あの洞穴を見ておきたいと思った。

千里自身、こんなにすぐ青珠神社に再び足を運ぶことになるとは思わなかった。抵抗がないと言えば嘘になるが、チンピラたちはすでに警察に捕まっている。神主である清水の行方はいまだにわからないが、あまり不安にはならなかった。

警備が入っていると聞いていたが、神社の境内に人の気配はなかった。宗介が扉を壊した本殿には、青いビニールシートがかけられている。

千里は本殿の奥にある森に入った。記憶を頼りにけもの道を進むと、ほどなくして岩壁を見つけることができた。知らなければ、この岩の裂け目が洞穴の入り口だとは気づかないだろう。

千里は周りを見回した。千里が倒れていた場所は、ここから近かったはずだ。近くの木の枝に白い布が引っかかっていたのを思い出し、付近を歩いてみたが、風に飛ばされたのか布は見つからず、場所を特定することはできなかった。

千里は洞穴の入口に戻り、鞄から懐中電灯を取り出すと、岩の裂け目に身体を滑り込ませた。

狭い道を抜けると、広々とした空間に出る。上部の穴から日の光が差し込んでいるため、この前来たときより視界は良好だ。

だがすぐに、違和感に気づいた。

焦げ臭い。

一度目に来たときは、甘いお香の匂いがしていた。しかし今はなにかが燃えたあとのような匂いが漂っている。

千里は匂いのもとを視線で辿り、目を見開いた。

洞穴の奥にあったはずのお堂が消え、その周辺には黒く燃え崩れた木片と灰が散らばっていた。

＊＊＊

「――お堂が燃やされていた？」

デスクで本を読んでいた烏島が、怪訝そうな目で千里を見た。

「そ、そうなんです……」

デスクに手をついたまま、千里は頷いた。言葉を続けようとするが、バスを降りてから店まで休むことなく走り続けたため、息切れしてうまくいかない。

烏島が呆れたような顔をして席を立ち、グラスに水を入れて持ってきてくれた。それを一気に飲み干して、千里は息をつく。

「燃やされていたのはお堂だけ？」

「はい」

黒焦げになった木片と灰を残し、お堂は焼き尽くされていた。

「お堂は確か、森の洞穴の中にあるんだったね」

「はい。鳥島さんも見ました？」

「いや、見ていないよ。あの日は夜だったし、男たちも場所を知らなかったからね。わかりにくい場所なのかな？」

「知らなければ、わからないと思います」

説明すればあの岩壁まで辿り着くことはできるだろうが、あの裂け目が洞穴の入口だとは気づかないだろう。

「他になにか変わっていたことは？」

「特には……あ、でも神社には立ち入り禁止の看板がかかっていました」

「警備の人間はいた？」

「いえ、私が行ったときは誰もいませんでした」

「そう」

鳥島は空になったグラスを片付けると、デスクチェアに座って考え込むような顔をした。

「高木さんから、青珠神社を廃社にする話を聞いたんです。お堂が燃やされたのは、それに関係してるんでしょうか」

「廃社？　それは初耳だ」

「え？　そうなんですか？」

千里は驚いた。烏島はとっくに知っていると思っていたからだ。

「その話、いつ聞いたの？」

「今日、預かっていた重箱を返しに七杜家に行ったんです。そこで執事の高木さんから取り壊す方向で話が進んでるって……」

「廃社にするにしても、別に燃やす必要はない。本殿や拝殿はそのままなんだろう？」

「あ、はい。そういえば、そうでした……」

確かに烏島の言う通りだ。だとしたら、誰が、なんのために——？

「——燃えたモノからは、情報が得られない」

烏島の唇からぽつりとこぼれた言葉に、千里は目を見開いた。

「まるできみに視られないように、燃やしたみたいだ」

信じる者は救われない

「目黒くん、きみは自分の能力のことを誰かに話した？」

烏島に問われ、千里は戸惑った。

「誰かって……」

「たとえば、宗介くんとか」

烏島の口から出た名前に、千里はギクリとした。

『モノの状態が悪いとなにも視えないんです』

確かに自分は、宗介に力のことを話した。

「……もしかして烏島さんは、宗介さんがお堂を燃やしたと思ってるんですか？」

「きみはそう思わない？」

「……思いません」

千里が言うと、烏島は大きなため息をついた。

「目黒くんは、ずいぶん宗介くんに気を許しているようだ」

「気を許してなんていません。烏島さんこそ、どうして宗介さんだって決めつけるんですか？」

「なら聞くけど、どうして宗介くんじゃないときみは言い切れるの？」

逆に烏島に問い返されて、千里は言葉に詰まった。

「だって……あそこには、陽子さんが閉じ込められてたんですよ。陽子さんの行方を知る手がかりがあるかもしれないのに、宗介さんがそれを燃やすはずないじゃないですか」

「陽子さんの手がかりよりも、隠したいものがあった。……たとえば、きみを気絶させた人間とか、ね」

千里はこちらを見て笑っている烏島を凝視した。

「まさか……烏島さんは宗介さんが私を気絶させたって思ってるんですか？」

「可能性があるという話だよ」

「可能性で話をするなんて……」

「なら、宗介くんの不審な行動について挙げていこうか。きみが神社で襲われかけた日だけど、宗介くんの行動には引っかかる点がいくつかある」

黙り込んだ千里を見つめたまま、烏島は言葉を続ける。

「まず、僕に電話をかけてきたタイミング。きみと連絡を取りたいと言っていたけど、突然すぎる。急ぎの用でもなかったようだしね」

宗介は千里に連絡を取ろうとした理由を、千里に謝罪したかったからだと言っていた。それが理由ではないとすれば、宗介は千里に嘘をついたということになる。

「それにあの日、宗介くんは高木さんに黙って午後の補習を休んでる。屋敷に帰ってきたのは、夕方だ」

「……調べたんですか？」

「うん。ちょっと別件で、宗介くんの行動について調べるよう依頼を受けていてね」

いったい誰に依頼されたのだろう。気にはなったが、今の千里にそんなことを訊く余裕はなかった。

「補習を休んだ宗介くんがいったいどこでなにをしていたのか——きみは知ってるんじゃないかな？」

烏島の目をまっすぐに見られなくなった千里は、俯いた。

「ねえ、目黒くん。気づいてないかもしれないけど、きみは宗介くんを庇《かば》うような言動を取っている。それは宗介くんのことを心のどこかで怪しいと思っていることに他ならないんだよ」

烏島が椅子から立ち上がる気配がした。俯いた千里の視界に、烏島の革靴のつま先が入る。

「きみは青珠神社に向かうバスを駅で見かけて思わず乗ったと言ったけど、あの路線バスの方向幕に青珠の文字は入っていない。きみはバスじゃなく『バスに乗る誰か』を見かけて、バスに乗ったんじゃないのかな」

顎に冷たい手が添えられ、顔を持ち上げられた。烏島の澄んだ瞳に、情けない表情をした千里が映っている。

「もう一度訊くよ。きみは力のことを宗介くんに話した？」

「……話しました」

口にすると同時に、苦い思いが湧き上がる。

「いつ？」

「二日前です……宗介さんが家に来て……力のことについて訊かれたので説明しました」

宗介が千里のアパートに来たのは、千里に野菜をおすそわけするためでも謝るためでもなく、力のことを詳しく聞き出すためだった。別の仕事先を紹介すると言ったのも、千里に力を使って探らせないようにするため——そう考えると、すべてが腑に落ちる。

「目黒くん、僕は言ったよね。『気を許すな』と」

怒るでも、責めるでもない穏やかな烏島の声が、今の千里にはかえって辛かった。

「きみには特殊な力がある。それ故に、きみが人を信用するのは、きみが考えている以上に危険なことなんだよ」

「危険……？」

「宗介くんはきみの力を知り、先回りして証拠を潰した。今回はきみ自身に被害は及ばなかったけど、これからもそうとは限らない」

千里は烏島の言葉に冷や水を浴びせられたような気がした。簡単に人を信用してはいけない――そんなことは叔父の新二のことで、とっくにわかっていたはずなのに。

「人間は簡単に裏切る。きみが信じていいのは、お金と僕だけだ」

信じていいのは、お金と烏島だけ。その言葉は呪文のようにひび割れた千里の心に入り込んできた。それを反芻しているうちに、違和感に気がつく。

「烏島さんは、人間じゃないんですか？」

「僕？　人間だよ」

「でも今、人間は裏切るって……」

烏島は「ああ」と誤魔化すように笑った。

「言い方を間違えた。『僕以外の人間』だ。わかったね？」

千里が頷くと、烏島は千里から手を離した。

「では僕に、話していない宗介くんの行動をすべて話して」

千里は目を伏せ、両手を組んだ。

「……郷土資料館の帰り、制服姿の宗介さんがバス停にいるのを見かけました。バスの路線図を見たら『青珠』というバス停があって、一本あとのバスに乗ってあとをつけました」

「それから？」

「神社に行くと、宗介さんが神主と話をしていました。宗介さんは神主に封筒を渡して、立ち去りました」

改めてあの日の宗介の行動を思い返すと、『不審』というひと言に尽きる。

「宗介くんはいったん屋敷に帰ったんだね。僕らと会ったときは制服じゃなかったし」

「……七杜の女中さんに聞いたんですけど、あの日、宗介さんが屋敷に戻ってから、電話がかかってきたそうです」

「電話？　相手は？」

「名乗らなかったみたいです。その電話のあと、宗介さんは高木さんに車を出させて、屋敷を出ていったって……」

烏島は考え込むように顎に手を当てる。

そのとき、デスクに置かれていた烏島の携帯に電話がかかってきた。烏島は千里から視線をはずし、電話を取る。

「もしもし——ああ僕だ。うん、大丈夫だよ。どうぞ」

どうやら相手は知り合いらしい。しばらく会話を続けたあと、電話を切った烏島が千里を見た。

「神除川から白い着物を着た死体があがったらしい」

千里は目を見開いた。

「……陽子さんですか？」

烏島の口から出たのは、千里の予想とは違うものだった。

「——いいや、神主だ」

鼠《ねずみ》の尻尾

「神主？　清水公一ですか？」

陽子だと思い込んでいた千里は、驚きを隠せなかった。

「事故ですか？」

「事故の可能性はかなり低いだろうね。両腕、両足を縛られ、口もふさがれていたらしい」

千里はごくりと息をのむ。

「清水は白い着物と袴を身に着けていた。着物の懐からは金の入った封筒が出てきた」

千里は、はっとして烏島を見た。

「その封筒って――」

「宗介くんが清水に渡したものかもしれないね」

千里の言葉を受けて、烏島が頷く。

「清水は、宗介さんがお金を渡したあの日に殺された？」

「清水は宗介くんから封筒を受け取り、お堂の様子を見に行って本殿の方へ戻っていったんだよね？」

「……そうです」

「それからの清水の行動を誰も見ていないし、知らない。清水が陽子さんを連れ出して儀式をおこない、逃げたと思っていたけれど、もしかしたら違うのかもしれないね」

なにが違うのか千里が問い返そうとしたとき、突然、部屋に騒がしい気配が入り込んできた。

「こんにちはぁ」

部屋の入口に目をやると、グレーのワンピースに、転ぶと足首を骨折しそうな高さのハイヒールを履いた鳩子が部屋の中に入ってくるところだった。

「え？　ちょっとなんなの、このお通夜みたいな雰囲気は？」

烏島と千里の顔を交互に見て、鳩子はマスカラがたっぷりついたまつげをぱちぱちと瞬かせる。

「いろいろありまして。それで鳩子さん、ご用件は？」

「お香の件についてよ」

満面の笑みを浮かべた鳩子が両手を広げ、まっすぐに烏島の方へ向かってくる。千里は反射的に、鳩子と烏島の前に躍り出た。

「ソ、ソファへどうぞ！」

千里が言うと鳩子は目を丸くする。背後から「目黒くん……」という呆れた声が聞こえてきた。

「鳩子さん、すみませんがソファへおかけください」

「ええ、そうするわ」

溜め息まじりに言う烏島に、鳩子はクスクス笑いながら頷いた。

「それで、収穫は？」

鳩子の向かいのソファに移動した烏島が、そう尋ねた。

「もちろんあるわよ。結構手間取ったから、追加報酬が欲しいくらい」

「報告を聞いてから判断させてもらいますよ。目黒くん、おいで」

烏島は所在なく立っていた千里を手招きした。躊躇《ためら》いがちに烏島の隣に座ると、鳩子と目が合う。ニッと微笑まれ、千里は引きつった笑みを返した。

「こないだ廉ちゃんから預かったお香だけど、最近出回り始めたものだったわ」

「最近？」

「そう。クラブやキャバクラ、ソープやヘルス、ガールズバーなんかを中心にね」

鳩子はそう言って、持っていたブリーフケースから書類を取り出し、テーブルの上に置く。そこにはよくわからない単語がたくさん並んでいた。

「お友達の産婦人科の先生のところで、お香の成分を調べてもらったの。このお香は媚薬というより、身体の自由を奪う効果がある。それだけなら他にも似たようなクスリがあるけど、このお香が変わってるのは、女性ホルモンに反応するようになってるってこと」

「つまり？」

「男には効かず、女には効く。女性ホルモンの分泌が活発なときほど、このお香の効果は発揮されるの。たとえば若い女の子」

千里は身体を強張らせる。今思えば、あのお香が焚かれている中、まったく動けなかった千里とは反対に、男たちは普通に動き回っていた。

「だからこれは一緒に楽しむクスリじゃなく、男だけが楽しむためのクスリね。自分は正気を保てるけど、相手の女は意識が朦朧として泥酔したような状態になる」

「まるで体験したような言い方ですね、鳩子さん」

「この前、うちの店のコに使おうとしたバカがいたのよ」

鳩子の店ということは、つまり『男』ということだ。

「仕事が終わったあと、バーで飲んでたら男にナンパされて、そのまま一緒にホテルに行ったらしいわ。そのコがシャワーを浴びてるあいだに、男が部屋でこのお香を焚いていたの。男はそのコを女だと思い込んでたみたいね。まあ女性ホルモンの注射打ってたから、少しはお香の効果があったのよ。気分が悪くなってベッドに横になったら、男が変な拘束具をつけようとしてきたんだって」

「それで？」

「アレを握り潰したそうよ」

鳩子はニヤリと笑う。

「ちなみにカノジョ、りんごを楽々握り潰せるくらいの握力を持ってるわ」

ふたりの会話からだいたいの事情を察した千里は居たたまれない気持ちになり、うろうろと視線を泳がせる。それに気づいたのか、烏島が咳払いをして話題を変えた。

「このお香が出回った経緯は？」

「発売元は、廉ちゃんがウラ取ってほしいって言ってたチンピラたちの元締めよ」

「確かクラブやソープの経営者でしたね。仕入れ先は？」

「清水公一」

千里は目を見開いた。

「清水がクラブ通いしてたことは知ってるわよね」

「ええ、あなたからの報告書で」

「清水が若いときからよく通ってたのが、そのオーナーが経営するクラブのひとつなの。清水は金払いはまあまあよかったから、オーナーとは親しかったみたい。たまに一緒に飲んだりね。清水が雇ってたチンピラも、元はオーナーの紹介だし」

千里は信心深くもなく、神職というものを特別視しているわけでもなかったが、さすがに清水の行動には呆れた。

「クラブの席で清水が酔っぱらって、ホステスに漏らしたことがあったらしいの。代々神社に伝わる調合法で、法に触れない、いい気分になれるお香を自分は作れるって。その話を聞きつけたオーナーが、ぜひ詳しい話を聞かせてくれって頼んだんだけど、清水は『酔った上での戯《ざ》れ言《ごと》だ』と誤魔化して断ったそうよ。でも最近になって、清水の方からオーナーに取引を持ちかけてきた」

「最近？」

「一か月ほど前。理由はわからないけど、急にお金が必要になったみたい。チンピラたちが売人となって、お香はクラブやバーで取引されるようになった。結構な高値がついてるらしいわよ」

あの男たちがお香を持っていたのは、お香の売人をやっていたかららしい。他にも餌《え》食《じき》になった女性がいると思うと、千里は怒りがふつふつと湧いてくるのを感じた。

「清水はどれくらい儲けたんですか？」

「少なくともゼロが七つ並ぶくらいは」

千里は心の中で指折り数え、驚いた。最低でも一千万ということだ。

「お金の使い道は？」

「そこまではわからないわ。あたしは酒場で情報を集めてるにすぎないんだから。気になるなら本人脅して吐かせなさいよ」

鳩子は烏島を睨みつけた。

「清水には訊けないんですよ」

「どうしてよ？」

「殺されたので」

そう軽く言った烏島に、鳩子は鳩が豆鉄砲でも食らったような顔をした。

＊　＊　＊

「――それにしても、意外に根が深い」

ソファテーブルで、流れてきたファックスの用紙を千里が整理していると、デスクに座っていた烏島がぽつりとこぼした。

「なんのことですか？」

「神社の件だよ」

千里は作業の手を止めた。

「掘り下げれば掘り下げるほど、いろんな方向に根が伸びている。そして肝心の陽子さんには行き着かない。鼠《ねずみ》の死骸は出てくるし」

「ネズミ？」

「神主だよ」

小柄で、薄汚い神社に棲みついている様は、確かに鼠に似ているかもしれない。だが千里にとっては、鼠の方がまだマシに思える。

「長い尻尾は摑みやすそうだと思っていたのに、そうでもなかった。やっと摑めたと思ったら、死んでいた」

烏島は鳩子が持ってきた書類を手持ち無沙汰にめくりながら、独り言のように話を続ける。

「どうして清水が急にお金が必要になったのかが気になるね。あと、その使い道も」

「チンピラを雇うためのお金じゃないんですか？」

「そっちはぼったくっていた玉串料から出ていたんだよ」

そのとき、デスクに置いていた烏島の携帯電話が鳴った。

「もしもし、宗介くん？」

電話を取った烏島の口から出てきたのは、宗介の名前だった。千里は思わず、烏島を凝視する。

「ああ、うん。知ってるよ。あれ？　正式な発表は出ていないはずだけど、きみはどこで？　……ああ、そうか」

烏島の言葉から、おそらく神主のことを話しているのだろうということは予想がついた。

「それで？　うん。いや、まだだけど。そう……わかった。じゃあまた折を見て請求書を送るよ」

烏島は電話を切ると、ふっと溜め息をついた。

「なにかあったんですか？」

千里が尋ねると、烏島は書類をゴミ箱に投げ入れた。

「――陽子さん捜索の依頼を取り下げるそうだ」

鴨居の下の人形

翌日の昼、千里はバスに揺られていた。

乗客は相変わらず少なく、その少ない乗客も山間《やまあい》の村に到着する前に全員降りてしまい、今は千里の貸し切り状態だ。

窓の外を眺めながら、千里は昨日、烏島から言われたことを思い返していた。

宗介から依頼取り下げの電話がかかってきたことに、千里は困惑した。

「取り下げるって……宗介さんがそう言ったんですか？」

「そうだよ」

烏島は淡々とした表情で頷いた。

「陽子さんは生きていない、神主も死んだ、これ以上の調査は不要——ということだ」

「烏島さんは、依頼取り下げに納得しているんですか？」

このタイミングで依頼を取り下げた宗介を、烏島はなんとも思わないのだろうか？

「納得もなにもない。依頼人が終わりだと言ったら、終わりだ」

「でも、神主を殺した犯人は？」

「それを見つけるのは警察の仕事であって、僕の仕事じゃない。『正義』を振りかざしたところで、お金にはならないからね」

確かにそのとおりだった。千里も神主を殺した犯人を見つけたいと思っているわけではない。むしろ、死んでくれてよかったとさえ思っている。

「目黒くん」

名前を呼ばれた千里は顔を上げた。

「僕たちの仕事は終わった。これからは必要以上に依頼人に関わらないようにすること。いいね？」

「……わかりました」

千里は頷くしかなかった。

依頼の取り下げを聞いたときは納得できなかったが、今はほっとしていた。

これでしばらくは宗介と関わらなくてすむ。自分の能力を烏島以外に利用されるのはごめんだ。『力』と『人』との付き合い方を改めて考え直すいい機会だった。

烏島は簡単に人を信用するなと言っていた。強引に距離を縮めてくる宗介にすっかり乗せられてしまったが、これからは近づきすぎないよう気をつけなければならない。

それよりも問題なのは、鶴野のことだ。

『陽子ちゃんのことがなにかわかったら、教えてほしい』

鶴野に頼まれたのは、前回ここを訪れたときだ。

そういうわけで烏島から貰った休みを使い、約束を果たすためにやってきたわけだが、この期《ご》に及んで、千里は陽子の話をどう切り出すべきか迷っていた。

人生においては知らない方が幸せなことが多いということは、千里自身、よく知っている。陽子についても、同じだろう。神主に罰が当たったとはいえ、陽子がひどい目に遭わされたことには変わりない。それも、腹違いの兄に。

ましろ——四篠瑠璃子を自分の娘のように思い、そしてその娘である陽子の幸せを願って、友人である夫婦のもとへ送り出した鶴野にとっては、残酷すぎる結果だ。だからといって千里には嘘をつく度胸も、うまく誤魔化せる自信もなかった。

山道が終わり、のどかな田園風景が見えてきた。もうすぐバスは鶴野の村に着く。

千里は窓の外を眺めながら、静かに覚悟を決めた。

＊　＊　＊

「暑い……」

バスを降りた千里は、照りつける日差しを遮るように手をかざし、目を細めた。高い建物がない分、風の通りはいいが、日差しは強い。ハンカチで汗を拭きながら炎天下を歩いていると、道の端で手押し車の横にしゃがみ込んでいる老女を見かけた。

「こんにちは、どうかしましたか？」

「手押し車が動かなくなっちゃって」

老女は千里に気づくと、困ったように笑う。見ると、後方の車輪がはずれかけていた。千里が手押し車を少し動かしてみると、なにが入っているのかかなり重い。おそらくこの重みに耐えかねて、ボルトが緩んだのだろう。千里が車輪をはめ直すと、なんとか動くようになった。

「どうもありがとう。この前も、そこがはずれちゃったんだよ」

「ねじの溝がだいぶ削れてましたから。今は動くけど、またすぐはずれるかも」

「この前直してくれた男の子も、同じこと言ってたわ。もう限界なのかもしれないねぇ」

畑から家に帰るところだというので、千里は老女のかわりに手押し車を押し、少し離れたところにある家まで送った。あがって休んでいくよう勧められたが、行くところがあると言って断った。すると今度は大量の野菜を持たせようとするので、困ってしまった。

気持ちだけいただきますと言った千里に、老女は残念そうな顔をしてトマトを差し出した。

さすがに断るのも悪い気がして、千里は礼を言って受け取った。手のひらに収まるくらいのトマトはずっしりと重く、真っ赤に熟れて美味しそうだった。鞄に入れると潰れてしまいそうなので、そのまま手に持っていくことにする。

老婆と別れてから、千里は急ぎ足で鶴野の家に向かった。思わぬ寄り道をすることになってしまったが、おかげで少し緊張が和らいだ。

鶴野の家に着くと、なにか様子がおかしい。雨戸はすべて閉まっているのに、玄関の戸は開け放たれている。不思議に思いながら、千里は中を覗き込んだ。

「こんにちは」

返事はない。かわりに家の中から、小さな物音が聞こえてきた。

「鶴野先生？」

千里は少し迷ったが、結局、家の中にあがらせてもらうことにした。老人のひとり暮らしだ。もし部屋の中で倒れていたりしたら困る。

「……お邪魔します」

泥で汚れた長靴やサンダルが並ぶ三和土《たたき》には、黒い革靴が脱ぎ捨てられていた。来客中かと思ったが、それにしては静かすぎる。

「鶴野先生、いらっしゃいますか？」

庭に面した雨戸は閉め切られ、蒸し暑い。太陽の光から隔絶された廊下を進み、居間へと向かうと、部屋の中央に立ち尽くす人影を見つけた。

その後ろ姿に見覚えがあった。

「宗介さん……？」

制服姿の宗介が、ゆっくりとこちらを振り返る。その目が千里の姿をとらえると、驚きに見開かれた。

「入ってくるな！」

鋭い制止の声が飛び、千里は手に持っていたトマトを落としてしまった。畳の上をコロコロとトマトが転がり、倒れていた椅子にぶつかって止まった。不思議に思いながら視線を上にやれば、鴨居に幾重にも巻き付けられたロープに、大きななにかがぶら下がっている。

「つるの、せんせい……？」

鴨居の下にぶら下がっていたのは、人形のように動かなくなった鶴野の姿だった。

＊＊＊

病院の待合室で、千里は帰宅の許可が出るのを待っていた。

鶴野の遺体は、車で二十分ほど走ったところにある病院に運ばれた。診療時間は終わっているため、待合室に人はいない。カーテンの下りた受付の向こうからは電話の音や人の話し声が聞こえてくる。

宗介と千里は発見者として警察に事情を聴かれることになったが、宗介が話の窓口になったため、千里はすぐに放免された。

あのときと同じだ。

両親が死んだとき、病院で警察や医者と話している叔父が戻ってくるのをひとり待っていた記憶が蘇る。高校生だった千里はあのとき、悲しみよりも大きな不安に襲われていた。

「――飲めよ」

待合室の椅子に座り千里が感傷に浸っていると、目の前にコーヒーの入った紙コップが差し出された。伏せていた顔を上げると、両手に紙コップを持った宗介が立っていた。

「……いくらですか？」

「金はいい」

学生に奢《おご》ってもらうのは躊躇われたが、宗介は引こうとしない。

「……ありがとうございます」

受け取った紙コップをそろそろと口元に持って行く。しかし冷房の効きすぎで手が冷え切っていたせいか、震えてうまく飲めない。

飲むのを諦め、コーヒーの表面にできる波紋を見つめていると、宗介が隣に座った。千里の左腕に宗介の右腕が触れる。ほっとするはずの人の温もりが今の千里には苦痛で、不自然にならないよう、宗介から距離を取るように座り直した。

「鶴野先生は……？」

「自殺だ」

鴨居にロープを巻き付け、首を吊っていたのを見たときから、そうだろうとは思っていた。しかし言葉にされると、まったく重みが違ってくる。

「遺書もあった」

「……そんなことをするようには、見えなかったのに」

「癌だったらしい。かなり進行していて、早く楽になりたかったと書いてあった。頭に手ぬぐいを巻いていたのも、治療で髪が抜け落ちてたからだと」

他人の命を助ける医者が、自ら死を選ぶというのは、どういう心境なのだろうか。

「千里」

名前で呼ぶと、距離が縮まったような錯覚を相手に与える――宗介はそれが目的なのかもしれない。

「なんで鶴野の家に来た？」

「……話があったので」

「どんな話だ？」

「宗介さんには関係のない話です」

今日千里がここに来たのは、鶴野から個人的に受けた依頼のためだ。宗介に話す義務はない。

「私、帰りますね」

千里は立ち上がると、持っていた紙コップをゴミ箱に捨て、出口へと向かう。

「ここからバスは出てねぇよ」

千里は足を止めた。振り返れば、宗介が笑っている。

「送ってやってもいいぞ」

勝利を確信しているような顔が、癪《しゃく》に障った。

「……タクシーを呼びますから」

「アホ。いくらかかると思ってんだよ」

「お店まで乗って帰ったら、烏島さんに立て替えてもらえるから大丈夫です」

かなり痛い出費になるが、背に腹は代えられない。念のため、前もって烏島に連絡しておこうと携帯電話を取り出すと、横から伸びてきた手に取り上げられた。

「なにするんですか」

「送ってやるって言ってんだろ」

「遠慮します。返してください」

手を差し出したが、宗介はそれを無視して、歩き出した。

「宗介さん！」

「あとで返してやる」

宗介を追いかけて外に出ると、大きな黒塗りの車の前に高木と運転手らしき男が立っていた。

「高木、今日はおまえの車じゃないのか？」

「就業中は私用車を使えません」

「この前は使っただろ」

「あのときは休憩中でございました」

「融通きかねぇな」

舌打ちする宗介を、高木は厳しい表情で見つめた。

「お戻りになったら、補習を休んだ理由について説明を」

「めんどくせぇ」

「宗介さま」

「わかったよ。帰ったらな」

宗介が目配せすると、高木の傍らで黙って立っていた運転手が後部座席のドアを開けた。

「——乗れ」

千里を振り返った宗介が、威圧的な口調で命令してくる。

「いやです」

携帯電話は諦めるしかない。烏島に連絡するのも、タクシーを呼ぶのも病院の公衆電話を使えばすむことだ。

千里が病院に引き返そうとすると、身体が宙に浮いた。

「ちょ……降ろしてください！」

宗介の小脇に荷物のように抱えられた千里は、抵抗することもかなわず、車の方へ連れ戻される。

「宗介さま、乱暴は――」

「黙れ」

諌めようとする高木を、宗介は短い言葉で一蹴《いっしゅう》する。千里が助けを求めるように高木を見るが、高木は申し訳なさそうな顔で首を横に振るだけだった。

後部座席に強引に押し込まれた千里は慌てて車の外に出ようとしたが、どういう構造になっているのか、千里側のドアが開かない。乗り込んできた宗介によって唯一の出口もふさがれてしまった。

運転席と千里たちがいる座席は完全に遮断されており、運転手がドアを閉めると文字通り密室となってしまった。

しばらくすると、車が動き出した。

「……どうしてこんなことするんですか」

革張りの座席に足を組んで座った宗介が、座席の隅で小さくなっていた千里に視線を寄越した。

「辛いなら素直に辛いって言えよ」

「……辛くなんてありません」

「そんな顔しといてか」

いったい、どんな顔をしていると言うのだろう。鏡がないので千里にはわからない。

宗介が千里の頤を摑み、無理やり視線を合わせてくる。

「いいか、俺はつまらねぇ意地張ってやせ我慢するヤツが大嫌いなんだよ」

宗介は勘違いしている。やせ我慢などしていない。

「……宗介さんは自分の母親が亡くなったとき、泣きましたか」

宗介は一瞬虚を突かれたような顔をしたが、すぐに元の不機嫌そうな表情に戻った。

「……んな昔のこと覚えてねぇよ」

「私は両親が死んだとき、泣けなかった」

千里の心を占めていたのは、事故で無残な死に方をした両親のことよりも、自分の明日からの生活についての不安だった。ひとりで生きていけるのだろうか？　家はどうなるのだろう？　学校は？　生活費は？

「私は……薄情な人間なんです。そんな私に鶴野先生が死んだことを悲しむ資格なんてない」

千里の記憶にあるのは、人のよさそうな鶴野の笑顔だ。今日見た鶴野の死に顔は冷たく歪《ゆが》んでいた。ショックだった。怖かった。だが心のどこかで、陽子についての残酷な真実を伝えずにすんだことにほっとしていたのだ。利己的にもほどがある。

「じゃあ、これはなんだ」

宗介の手が千里の顔から離れ、透明の水滴で濡れた指先が、目の前に突き出される。

驚いた千里が自分の頬に手をやると、そこは冷たく濡れていた。

「泣いてんじゃゃねぇかよ」

「……触らないでください」

千里は宗介の手を払い、濡れた頬を拭った。

「あんた、その態度はいったいなんなんだよ」

苛立ちの混じった声が、千里を責める。

「……質問の意味がわかりません」

「急によそよそしくなった理由を訊いてるんだ」

「宗介さんとは仕事上の付き合いです。依頼ももう取り下げた。必要以上に親しくする方がおかしいでしょう？」

千里の答えに、ぴくりと宗介の眉が跳ねた。

「仕事上って言うんなら、鳥島も同じだろ」

「……烏島さんは宗介さんとは違います」

確かに烏島は仕事上の付き合いだ。労働力とお金の交換——家族愛や友情や、そういうわかりにくいもので繋がっているよりも、千里は安心し、信頼できる。

「もう一度言ってみろ」

「だから烏島さんは——」

最後まで言葉にすることはできなかった。宗介がシートに、千里を無理やり押し倒したからだ。

よく研いだ刃物のような鋭い視線が、千里を射る。だが怖いとは思わなかった。

「——私はあなたを信用できない」

化かし合い

制服から私服に着替えた宗介は、机の上に置かれていた封筒を手に取った。中には工事の計画書が入っていた。それに目を通していると、扉をノックする音がした。宗介が書類に視線を落としたまま「入れ」と言うと、静かに開いた扉から高木が中に入ってきた。

「宗介さま、お客様がお見えです」

宗介は時計を見た。夜の十時を指している。アポも取らないでこんな時間にやってくる客には碌《ろく》なのがいないと相場が決まっている。宗介は書類をめくった。

「追い返せ」

「申し訳ございません、すでに客間にお通ししております」

書類から顔をあげた宗介は、高木を睨みつけた。

「いったい誰だ？」

高木の口から出た意外な名前に、宗介は目を見開いた。

＊　＊　＊

宗介が客間に入ると、部屋の中央に置かれたソファで客が茶を飲んでいた。

見慣れた黒ずくめの格好で優雅に茶を飲む姿に違和感を覚えたのは、ここが質屋ではないからだろう。

「――あんたがうちに来るのは、初めてだな」

宗介が烏島の向かいの椅子に腰掛けると、使用人のサキがすぐにコーヒーを運んできた。

「今までここに来なかったことを、少し後悔しているよ」

カップをソーサーに戻した烏島が、宗介に言った。

「どうしてだ」

「とてもおいしい紅茶を淹れてもらえる」

烏島は宗介にコーヒーを出していたサキに、柔らかく微笑みかけた。サキは少し驚いた顔をしたあと、頬を赤くする。宗介は心の中で『このタラシが』と毒づいた。

「鶴野のことか？」

サキが客間を出ていってから、宗介は話を切り出す。

「いいや、違う」

「死んだことは知ってんのか」

「ああ。きみと目黒くんが発見者だったんだってね」

烏島の情報収集力は知っているので、今さら驚かない。気になるのは、烏島がわざわざ屋敷に来た理由だ。今まで父親が烏島に仕事を頼んだときも、烏島が屋敷に出向くことはなかった。なにか思惑があるのだろう。

「俺がどうして鶴野の家にいたのか、訊きに来たのか？」

「違うよ」

「じゃあなんだ」

「目黒くんにちょっかいを出さないでもらいたい」

宗介はわざとらしく首を傾げた。

「なんのことだ？」

「高木さんの話では、目黒くんを強引に車に押し込んで屋敷に連れて帰ろうとしたと」

告げ口か。宗介は父親とは違う意味で食えない高木の笑顔を思い出しながら、心の中で舌打ちする。

「車に乗せたのは事実だが、ここには連れ帰ってねぇよ。ちゃんと家まで送ったぜ」

「それも聞いたよ。高木さんに反対されて、渋々家に帰したとね」

宗介は烏島から視線を外し、コーヒーに口をつけた。

「……今日、千里が鶴野の家に行ったのはあんたの指示なのか？」

「違うよ。今日は休暇を与えていた」

「雇い主が従業員の休みの日の行動にまで干渉するのか？」

宗介は乱暴にカップを置く。

「僕は彼女の雇い主であり、所有者でもあるんだ」

「そんなに心配なら名前でも書いとけよ」

烏島は笑みを深くした。

「必要ない。自分が誰のものか、あの子はちゃんとわかってるからね」

「周りがマーキングに気づくとは限らないだろうが」

「でも、きみは気づいただろう？」

宗介は目を眇める。

「妙に千里がよそよそしい態度を取ると思ったら、原因はてめぇかよ。いったいなにを吹き込んだ？」

「人聞きの悪い。僕はアドバイスしただけだ」

「どんなアドバイスだ」

「簡単に人を信用するな、と」

　宗介は探るように烏島の目を見つめた。薄い色の瞳は鏡のように周りの光景を映し出すだけで、感情の動きを読みにくい。

「あの子の持ってる力を知れば、利用しようとする人間が必ず出てくる」

　烏島の言い分に、宗介は「はっ」と短く笑った。

「すでに利用してるあんたが言うのか」

「僕は利用してるんじゃなく、お金であの子を買ったんだ」

「汚い話だな」

「お金より情にモノを言わせて利用する方が、彼女にとっては残酷なんだよ、宗介くん」

　含みを持たせた言い方に、宗介は思わず烏島を見つめ返す。

「下心のある親切よりも合理的な取引の方が誠実だ。うちの店に来て、彼女はそれを実感してるだろう」

「……そうやって汚いモンばっかり見せて、千里を人間不信にでもするつもりか？」

「あの子はもともと人間不信だったんだよ。ただ、きみと一緒に行動するうちに警戒心が緩んでしまったようだから、釘を刺した」

「ついでに俺にも刺しに来たってわけか」

吐き捨てるように言えば、烏島は薄く笑った。

「目黒くんはこれから、今までより人との付き合い方に慎重になるだろうね」

「……てめぇ」

宗介の鋭い視線をするりとかわし、烏島は組んでいた脚を解いて、椅子から立ち上がった。

「お茶、ごちそうさま」

宗介は持っていたカップを、烏島が消えた扉に向かって思い切り投げつけた。

＊　＊　＊

なにかが割れるようなけたたましい音に、千里は目を覚ました。

慌てて飛び起きると、枕元に置いていた携帯電話が光りながら着信を知らせている。

千里は腫れ上がった瞼を精一杯開き、電話を取った。

「も、もしもし」

「おはよう、目黒くん」

急速に意識が覚醒していく。

「おはようございます」

挨拶しながら、千里は畳の上にある目覚まし時計を見た。朝七時。出勤は九時の予定だ。寝過ごしたかと思った千里は、ほっとする。

「昨日は大変だったね」

そのひと言で、烏島がすべて知っているのだと気づいた。

「……烏島さんはいつ知ったんですか」

「昨夜、知り合いから聞いたんだ。きみと宗介くんが発見者だと」

烏島の普通ではない情報網にいつもながらに驚き、同時に昨日のことを思い出して、千里は暗い気持ちになった。

「……すみません」

「それはなんの謝罪かな？」

「報告しに行かなくて」

昨日の夜、宗介に送られてこの部屋に帰った千里は、すぐに布団に入った。店に行く気力はもちろんなく、烏島に電話することも頭に浮かばないくらい消耗していた。

「昨日は仕事じゃなかっただろう。別にかまわないよ」

「でも、あの」

「それとも、なにか僕に報告しなきゃならないようなことでもあった？」

千里は言葉に詰まった。

『信用できない』

千里がそう言ったあと、宗介は傷ついたような顔をした。だが、それは一瞬で、すぐに元通りの不機嫌そうな表情に戻り、突き放された。千里のアパートに着くまでふたりのあいだに会話はなく、気まずい時間を過ごすことになってしまった。

「……ありません」

宗介の表情を思い出しながら、千里は答える。

「そう。ならいいよ」

「あの、今日はなにかありましたか？」

こんな早い時間に電話してくるということは、急を要するなにかがあったに違いない。悪い知らせでなければいいのだが。そう願う千里に烏島が告げたのは、意外な言葉だった。

「きみに行ってもらいたいところがあるんだ」

＊　＊　＊

まさか、二日連続で来ることになるとは思わなかった――バスを降りた千里は、照りつける太陽に目を細めた。

『最近、鶴野医師に変わった様子がなかったか調べてきてほしいんだ。あとは家に出入りしていた人間を。村の住人や患者以外でね』

今朝、烏島から頼まれたのは、意外な仕事だった。

『調べるって、どうやってですか？』

『もちろん力は使わないで。近所の人に訊くのが一番手っ取り早いだろうね』

近所と言っても、かなりの田舎だ。隣の家との距離は離れている。そこに出入りする人間を見ている人がいるものだろうか。

『田舎の人ほどよく見ているものだよ』

烏島は笑いながらそう言っていたが、千里にはピンとこない。なにより聞き込みなど、初めての体験だ。千里が参考にできるのは推理小説くらいだが、あんなにうまくいくとは思えない。

とりあえず鶴野の家へ向かってみると、道の端にトラックが数台とまっていることに気づいた。不思議に思いながら近づくと、工事現場で見るような立ち入り禁止のバリケードが家の周りに張り巡らされ、その向こうには重機も見える。そのあいだで、たくさんの男たちが立ち働いていた。

「おいおい、入っちゃいけないよ、お嬢さん」

家の中から荷物を運び出していた男のひとりが千里に気づき、追い返すように手を振った。

「あの、なにをしているんですか？」

「なにって、見てわかるだろ。取り壊すんだよ」

千里は耳を疑った。

「取り壊す？　どうしてですか？」

驚いた千里が思わず訊き返すと、男は面倒くさそうな顔をする。

「朝から何度も同じ質問されてんだ。オレたちゃ依頼を受けて仕事をしてるだけだから、そんなことわからないよ。とりあえず危ないから、ここから離れてくれ」

取りつく島もなく追い払われた千里は、着々と進む取り壊しの準備を呆然と眺めるしかなかった。

「おや、昨日のお嬢さんじゃないの」

烏島に連絡すべきだろうかと迷っていると、背後から声をかけられた。振り返ると、手押し車を押して歩く老女と目が合った。トマトをくれた女性だ。

「あ……こんにちは」

表情を取り繕えないまま、千里は頭を下げる。

「鶴野先生を訪ねてきたの？」

千里と鶴野の家を交互に見た老女が訊いてきた。

「……はい」

「もしかして、昨日も？」

千里は黙って頷いた。老女はすべて察したような顔をする。おそらく老女も鶴野が自殺したことを知っているのだろう。

「昨日ね、胡瓜《きゅうり》を漬けたんだよ。夏は漬かるのが早いのに、一度に漬けすぎちゃってね」

急な話題転換についていけず目を瞬かせる千里に、老女はにっこりと笑いかけた。

「昨日のお礼もしたいし、あんたさえよかったら食べてってくれないかい？」

＊　＊　＊

「さあ、どうぞ」

老女が小さなちゃぶ台に、熱い緑茶と胡瓜の漬物の載った小皿を置いた。

「いただきます」

添えられた爪楊枝で胡瓜の漬物をひと切れ口に入れると、ほのかな塩気と糠《ぬか》の風味を感じた。歯触りもよく、口元が思わずほころぶ。

「おいしいです……」

「そうかい？　たくさんあるから、よかったら持って帰りなさい」

老女の家は鶴野の家から少し離れた場所にあった。土間があり、天井には立派な太い梁《はり》が見える――昔ながらの農家という佇まいだ。昨年、夫が亡くなってからひとり暮らしになってしまったと話していた。襖《ふすま》が取り払われた居間はだだっ広く、ここでひとりで暮らすのは寂しいだろうなと千里はぼんやり思った。

「――いい先生だったよ、本当に」

静かにお茶を啜っていた老女が、ぽつりとこぼした。鶴野の話だ。千里は爪楊枝を置き、居住まいを正した。

「医者の不養生とは、よく言ったもんだ。病気だなんて知らなかったよ。苦しんだり悩んでる素振りも見せなかった」

鶴野のことを語る老女の目には、うっすら涙が滲んでいる。千里は目を逸らし、茶を飲んだ。

「世の中、不公平だよね。死んでほしい人間はなかなか死なない。いい人間ばっかりが先に逝くんだから」

鶴野と清水勇三は同じくらいの年齢だ。だが鶴野は死に、勇三はいまだにのうのうと生きている。確かに不公平だと千里も思う。

「鶴野先生の家の取り壊しは、今日始まったんですか？」

「みたいだねぇ。昨日、警察が帰ったあとすでに業者の人が下見に来てたらしいけど」

ポリポリと漬物を食べながら、老女が答える。

「おばあさんは、いつ鶴野先生のことを知ったんですか？」

「さっき、村の寄合所で正式に村長さんからお話があったんだ」

千里と会ったのは、ちょうど寄合所からの帰りだったらしい。

「昨日、先生の家に来てた人が発見したって聞いたんだけど」

老女が言いにくそうに、千里を見る。千里は目を伏せた。

「……私と、もうひとりの知人です」

「……そうだったのかい」

老女は小さく頷いて茶を飲む。

「密葬にするらしいし、あっという間に家の取り壊しが始まってしまって、わたしらもなにがなんだか。村長には一応話が通ってるようだけど、事情が事情だから詳しいことは説明できないって言われてねぇ」

「密葬？」

「先生のご遺志を酌んでらしいけど。お世話になった先生だから、ちゃんとお別れできないのが寂しいよね」

老女は遠い目をする。鶴野には遺書があったと宗介が言っていた。葬儀のことも取り壊しも、すべて鶴野が決めたことなのだろうか。

「あの……最近、鶴野先生に変わった様子はありましたか？」

「そういえば、ここ一週間は家を留守にしていたことが多かったわねぇ」

「留守？」

「用事があるってよく休診してたの。軽トラもなかったから、お出かけになってたみたい」

烏島の言う通り、確かに近所の人はよく見ていた。

「鶴野先生のところに、この村の人以外が訪ねてきたりすることもあったんですか？」

「少し前に人相の悪い男たちが来たって、ちょっと騒ぎになってたわ」

人相の悪い男たちというのは、神主と神主が雇っていたチンピラのことだろう。

「その他には、誰も？」

「ああ、バス停で若い男の子と出会ったわ。知り合いに会いに来たって言ってたわね。鶴野先生のところに行ったかどうかはわからないけど……私の手押し車を直してくれたのよ」

千里の心臓がドクリと音をたてる。

「どんな男の子でした？」

「男前だけど、ちょっと目つきの悪い子だったわ」

千里は身を乗り出した。

「それ、いつのことですか？」

「いつだったかしら……よっこらしょ」

老女は立ち上がり、壁にかけていたカレンダーを見た。

「あれは若返り健康体操教室があった日だから、ええと……いち、に、さん、そうそう四日前よ」

四日前。千里はいてもたってもいられず、立ちあがった。

「私、帰ります」

「あら、もう?」

「はい。お茶とお漬物、ごちそうさまでした」

礼を言い、玄関へと向かう。その後を老女が追いかけてきた。

「待って。よかったらこれ、持って行きなさいな」

老女が差し出した袋を見て、千里は目を見開いた。

意外な依頼人

千里がバスに乗って店に戻ると、烏島はデスクの上に指輪が入ったケースを三つ、並べていた。中に入っているのはどれもシンプルなペアリングだ。

「それはなんですか……？」

「さっき質入れされた結婚指輪だよ」

それを聞いた千里は、恨みがましい視線を送る。

「私が持ち込んだ指輪は買い取ってもらえなかったのに……」

「きみが持ち込んだものとは、価値が違う」

「高価なんですか？」

「いいや。これは過去に三度、奥さんを亡くした男性が持ち込んだものだ」

だからケースが三つあるのかと、千里は納得した。しかし三度も妻を亡くすとは、かなりの不幸体質だ。

「奥さん、本当に三人とも亡くなったんですか？　偶然ですよね？」

「彼は事故だと言ってたけど、真相はわからないね」

烏島は楽しそうに言う。

「彼は近く、四度目の結婚をすることになったらしい。その婚約者に過去の奥さんとの結婚指輪を捨てるよう言われたらしいんだ。でも彼はどうしても捨てることができず、やむなくうちに持ち込んだ」

烏島は指輪を取り出して、手のひらで弄ぶ。内側に彫られた名前がいやに生々しく千里の目に映った。

「もし四度目の奥さんが亡くなったら、彼はきっとこれを取り戻しに来るだろうね」

「……縁起でもないこと言わないでください」

「人が大切にしている『コレクション』を捨てろと言うような女とは、どちらにしろ長くは続かない。彼には指輪の価値以上のお金を支払った。これからどうなるか、結果が楽しみだね」

烏島は指輪を戻し、蓋を閉じた。

「それで、村の人に話は聞けた？」

烏島に問われ、千里は自分の仕事を思い出した。

「はい。私が神社で襲われかけた日の翌日、宗介さんが村に来ていたそうです」

千里の報告に、烏島は興味深そうな顔をした。

「宗介くんが？　それは間違いない？」

千里は頷いた。

「鶴野先生の家の近所に住んでるおばあさんが、バス停にいた男の子に野菜をあげたって。その日、宗介さんが野菜を持ってうちに来たので、間違いないと思います」

重箱さえ邪魔になるからと言って捨てようとした宗介が、わざわざ野菜を貰って帰ったのは、千里から話を聞く口実になると思ったからに違いない。しかし村に行ったことは知られたくなかったため、平吉からだと嘘をついた。

「宗介さん、なにしに村に行ったんでしょうか？」

「決まってる。鶴野医師に会いに行ったんだろう」

だが、学校に行くふりをしてバスに乗り、七杜家の使用人や千里を欺いてまで鶴野に会いに行く理由が千里にはわからなかった。

「鶴野先生の最近の様子はどうだったって？」

「家を留守にしてることが多かったみたいです」

「留守？」

「はい。用があるって、ここ最近はよく休診にしてたって」

千里が答えると、鳥島は「そう」と言って、考えるように顎を撫でた。

「あの……鶴野先生が、どうかしたんですか？」

窓の外を見つめていた烏島は、千里に視線を戻した。

「三日後、この近くの斎場で、鶴野医師の葬儀が営まれることになった」

「この近くで？」

「鶴野先生の家も、取り壊しが始まっていただろう？」

「どうして知ってるんですか？」

千里がまだ報告していない情報を、なぜ烏島が知っているのだろう。

「鶴野医師の葬儀も家の取り壊しも、高木さんが手配したんだよ」

烏島の口から予想外の名前が出てきて、千里は驚く。鶴野は高木と接点はないはずだ。

「どうして高木さんがそんなことを？」

「もちろん指示があったからだろう」

「誰のですか？」

烏島はその問いに答えず、部屋の入口の方を見た。

「時間通りだね」

その言葉とほぼ同時に扉が開き、制服姿の宗介が中へ入ってきた。

「やあ、宗介くん。待っていたよ」

「いったいなんの用だ？　呼び出したりして。俺は忙しいんだ」

「早く終わらせるためにも、協力してほしい」

烏島は笑顔だったが、言外に話が終わるまで帰さないという雰囲気が滲み出ていた。

それを感じ取ったのか、宗介は諦めたようにソファに腰かける。

千里が気まずい気持ちで宗介を見ていると、バッチリ目が合った。しかし、先に宗介の方が視線を逸らす。

烏島が宗介の向かいに座る。大事な話なのかもしれないと思ったが、出ていけとは言われなかったので、千里は少し離れた場所からふたりの話を聞くことにした。

「ここ最近のきみの行動について、話を聞かせてほしい」

「俺の行動？」

「この一週間、きみが補習に出ないでなにをしていたのか」

それまで面倒くさそうな顔をしていた宗介は、その問いに目を眇めた。

「老人ホームに行った日はサボったが、それ以外は出てる」

「出てることになってる、の間違いだろう？　教師に出席扱いにするよう頼んでいたね」

宗介の纏う空気が完全に変わった。

「……いったいなんのためにそんなことを調べた？　依頼は取り下げたはずだ」

押し殺した低い声は、隠しきれない怒気をはらんでいた。

「今日はそれとは別件だよ、宗介くん。きみを調べるようにある人に頼まれた」

宗介がピクリと眉を動かした。

「誰にだ」

「申し訳ございません、宗介さま」

静かに部屋に入ってきたのは、高木だった。これにはさすがの宗介も驚いたらしく、高木を凝視している。

「……どういうことだ、高木」

「最近の宗介さまの行動があまりに目に余るものでしたので、烏島さまに相談させていただきました」

「仕えている主人の素行を調べるよう頼んだのか？」

「私は宗介さま個人にではなく、七杜家に仕えております。本家に不利益になるような行動をお取りになられるのなら、いくら宗介さまとはいえ見過ごすことはできません」

宗介の怒気に触れても、高木に怯《ひる》む様子はない。

「青珠神社と陽子さんの件については、話したはずだ」

「ええ、その件については確かにお話しいただきました。ですが私が知りたいのは、話していただいていない行動についてです」

丁寧な口調と態度を取っているが、高木に退くつもりはないということは見て取れた。薄い笑みを浮かべている高木に対し、宗介は不機嫌丸出しの顔で口を閉ざしている。

「——質問を続けさせてもらっていいかな？」

ふたりの無言の睨み合いを中断させたのは、烏島だった。

「宗介くん。目黒くんが神社で襲われかけていたあの日、きみは夕方にもあの神社に行ってるね」

宗介がゆっくりと烏島に視線を戻した。

「……どうして知ってる？」

「きみが青珠神社方面に向かうバスに乗るのを見ていた人がいたんだよ」

宗介が、ちらりと千里を見る。ぎくりとしたが、宗介はなにも言わず烏島との会話に戻った。

「それで？」

「きみは神主と会って、封筒を渡した。ちなみにその前日、きみは高木さんに現金を用意するよう頼んだね。それもなかなかの大金を」

宗介は横目で高木を睨んだ。

「烏島に喋ったのか？」

「ええ。まとまった額が現金で必要だとおっしゃるので、少しおかしいと思いまして。宗介さまになにに使うのかお訊きしても、答えていただけませんでしたから」

宗介は溜め息をつき、前髪をかき上げた。

「……その金は神社を視察するために用意した。清水に視察をしたいと言うと、金が必要だと言われたんで、その一部を手付金として渡したんだ」

「どうして本殿の視察を？」

「儀式の件について、探りを入れるつもりだった。すでに陽子さんが捕まってるとは夢にも思わなかったけどな」

宗介は乾いた笑いを漏らす。仕方なかったとはいえ、助け出せなかったことを後悔しているのだろう。

「本殿の中は見たの？」

「いいや、明後日まで待ってほしいと言われた。内部を修繕中だからと」

「でも修繕している様子はなかった」

「口実だろうとは思った。今思えば、あいつが明後日までと言ったのは、本殿でなにかやるつもりだったからだろう」

「儀式とか、だね」

烏島と宗介の視線が絡む。

「……あのとき脅してでも吐かせりゃよかったな」

「賢い案だとは言えないね。大事《おおごと》にすれば、瑠璃子さんや陽子さんの名誉を傷つけることになる。それよりどうして神主と会ったことを黙っていたの？」

「余計な憶測を招くのを避けたかったからだ」

「たとえばどんな？」

「神主とグルだと思われたらたまらないからな」

「でも、他の人間とはグルなんじゃないのかな？」

その烏島のひと言で、部屋の空気が一瞬にして凍りついた。

「ねえ宗介くん、きみは誰を庇っている？」

「——いったいなんの話だ？」

宗介の冷たい視線を烏島は笑顔でかわした。

「きみが神主に手付金を渡した日の話をしようか。神主と会ったあと、きみは屋敷に戻った。その夜、きみ宛てに年配の男から電話がかかってきたそうだね」

「……それも高木から聞いたのか？」

「いいや、サキさんからだ」

宗介は忌々《いまいま》しげに、烏島を見る。

「昨夜うちに来たのは、サキに話を訊くためだったってわけか？」

昨夜、烏島は七杜の屋敷に行ったらしい。よほどのことがない限り、店から出るのを好まない烏島にしては、かなり珍しい行動だ。

「かかってきた電話は、どんな内容だったの？」

烏島の質問に、宗介は諦めたように溜め息をついた。

「相手は名乗らなかった。切羽詰まった様子で千里が倒れているから青珠神社まで迎えに来てくれと言われた。場所を説明されて、電話は一方的に切れた」

宗介の口から語られた事実に、千里は驚いた。

「きみが僕に電話をしてきたのは、目黒くんの居場所を確認するため？」

「ああ、いたずら電話の可能性も捨てきれなかったからな」

「神社に着いてから、きみはどうした？」

「神社から離れた場所に、高木を待機させて森に入った。電話で場所の説明は受けていた。千里がいる場所の木に手ぬぐいを引っかけてあると聞いてたから、それを探した」

千里が目を覚ましたとき、確かにそばの木に白い布が引っかかっていた。まさかあれが目印になっていたとは、思いもしなかった。

「そこに目黒くんがいた？」

「いや、いなかった。しばらくそのあたりを探してから本殿へ行ったら、そこにあんたたちがいたってわけだ」

「宗介くんが電話で教えられた場所に着いたのは、目黒くんが目を覚ましたあとってことになるね。そのときお堂のことは知っていたの？」

「知るわけないだろ。電話ではお堂についてはひと言もなかった。洞穴の入り口がある岩壁は途中で見かけたが、そのときは存在すら知らなかったから素通りした」

「そのときは、ね。次に行ったときは、素通りしなかった?」

「さあ、なんのことだ?」

とぼける宗介をしばらく黙って眺めていた烏島は、「とりあえず、それは置いておこう」と話題を変える。

「その翌日、きみは学校に行くふりをして、鶴野医師がいる村に行くためのバスに乗った」

「また俺がバスに乗り込むのを見かけた奴がいるのか?」

宗介は千里の方を見て、皮肉っぽく笑った。

千里は黙って、野菜が入った青い袋を宗介に見せた。袋には『池田商店』という名前が入っている。

「……今日、村のおばあさんから貰ったんです。宗介さんがうちに持ってきてくれたナスも、これと同じ袋に入ってました。話を聞いたら、『壊れた手押し車を直してくれた男前だけど目つきの悪い男の子』にナスをあげたって」

宗介の表情がわずかに動いた。

「平吉さんからのおすそわけっていうのは、嘘ですよね?」

「……気まぐれに親切心を起こすもんじゃねぇな」

宗介は大げさに肩を竦めた。

「ああ、そうだよ。あの日、俺は鶴野に会いに行った」

「電話をかけてきたのが鶴野医師だと気づいたからだね」

千里は驚いて宗介を見た。宗介は苦虫を嚙み潰したような表情で、烏島を見つめている。

「屋敷の電話の着信履歴を高木さんに見せてもらったら、あの夜、宗介くん宛てにかかってきた電話が、鶴野医師の持ってる携帯番号と一致した」

「あんたは高木とグルだったってわけか」

「仕事だからね」

宗介の嫌味も、烏島はさらりと流す。

「宗介くんは、電話が鶴野医師からだといつ気づいたの？」

宗介は諦めたように息を吐いた。

「……電話がかかってきた時点で、聞き覚えのある声だとは思っていた。確信したのは、木に引っかけられていた白い布を見たときだ。鶴野が頭に白い手ぬぐいを巻いていたのを思い出した」

確かに鶴野は白い手ぬぐいを巻いていた。まさかそれが木に引っかけられていたとは思わなかった。

「その手ぬぐいはどうしたの？」

「見つけた時点で、回収した。あとで鶴野を問い詰めて、しらばっくれるようなら、それを突きつけてやるつもりだった。結果的に必要なかったけどな」

千里がお堂の様子を見に行ったときに、手ぬぐいを見つけられなかったのは、宗介が回収したせいだったようだ。

「ということは、鶴野医師は認めたんだ？」

「ああ、俺に電話をしたことはな。でもどうして神社にいたのか、あそこでなにをしていたのかは、一切口を割ろうとはしなかった。思い詰めた表情をしていたから、俺もそれ以上は追及しなかった」

「その二日後、清水公一の遺体が川からあがったね」

烏島は宗介になにか含むような視線を送った。

「清水の遺体からは、麻酔吸引薬が検出されてる」

「麻酔吸引薬ってなんですか？」

千里が質問すると、烏島がこちらを見た。

「吸うと意識を失う薬品だよ。それも即効性があるものだ」

「俺は依頼を取り下げた。今その話は関係ないだろ」

「関係あるよ。これはきみの素行調査の一環だ」

そう言って笑った烏島を見て、千里はやっと気づいた。烏島にとっては、こちらが本題だったのだと。

「清水公一は足と手を縛られ、生きたまま川に流された。死ぬ直前まで苦しんだことだろう。実行したのは清水に対し、よほど大きな恨みを抱いていた人物だ。なおかつ特殊な薬品を所持している。そうなると犯人は絞られる」

特殊な薬品。千里の頭にひとりの男の顔が思い浮かぶ。まさか、と思った。

「宗介くん、きみは鶴野医師が電話をかけてきてから、彼の行動を不審に思っていた。川から清水の遺体があがって、鶴野さんが犯行に関わっていると確信したきみは鶴野医師が神社にいた痕跡を隠すために動き始めた」

烏島はそこで言葉を切り、宗介を見つめた。

「神社の警備を撤退させ、洞穴の中にあるお堂を燃やしたのも、そのためだろう？」

「見に行ったのか？」

「目黒くんがね」

宗介はちらりと千里を見た。

「俺がお堂を燃やして、なんのメリットがある？　大事な陽子さんの情報が失われるんだぜ？」

「陽子さんの情報よりも、目黒くんに視られてはまずいものがあった——目黒くんを気絶させた人物とかね」

千里は驚いて烏島を見た。

「目黒くんを気絶させたのが神主なら、どうして不法侵入者である目黒くんを拘束せず、わざわざお堂から連れ出して人目につきにくいような茂みに隠すようなことをしたのか、それが不可解だった。でも鶴野医師なら説明がつく。薬も持っているしね」

確かに自分を気絶させたのが神主だったとしたら、拘束しなかったのは不思議だ。泥棒と思われ、あのチンピラどもに引き渡されていたかもしれない。だが、あの鶴野が自分を気絶させたとは、とても信じられなかった。

「鶴野医師はなんらかの目的を持って、あの洞穴に入った。だが計算外のことが起こった。目黒くんだ。鶴野医師は目黒くんを気絶させ、神社関係者に見つからないような場所に避難させ、宗介くんを呼んだ」

「どうして千里を気絶させる必要があった？」

「単に、自分が神社にいることを知られたらまずい理由があったんじゃないかな。たとえば、神主を殺した疑いをかけられたくなかったとか」

「想像力が逞しいな」

　宗介は唇を歪める。

「じゃあ、もう少し想像力を働かせてみようか。鶴野医師が自殺したのは、本当は病気を苦にしてではなく、医者という立場で人を殺してしまった罪に耐えきれなくなったからじゃないかな」

「鶴野の遺書にはそんなことは書いてなかった。鶴野が死んだ今、それを確かめる方法はない」

「きみは鶴野医師をまったく怪しいと思っていないの？」

「思ってるさ」

　宗介から返ってきた答えに、千里は目を瞬かせた。てっきり否定すると思ったからだ。

「昨日、鶴野医師の家に行ったのは真実を確かめるため？」

「ああ」

　宗介はあっさりと認めた。

「俺は鶴野が犯人だと思ってる。でもそれは俺が勝手に思ってるってだけの話だ」

「つまり？」

「証拠がないだろ」

宗介は薄く笑った。

「確かに鶴野の行動は怪しい。医者だから麻酔薬も持ってる。だが神主を殺《や》ったという証拠はない。鶴野の家は取り壊しが始まって、所持品はすべて処分された。犯行を裏付けるものが出てこなければ、立証するのは無理だろう?」

鶴野の家を取り壊しにかかったのは、鶴野の犯行の痕跡を消すためだった——おそらく千里が鶴野の自殺で混乱しているあいだにも、宗介はいろいろと考えをめぐらしていたのだろう。その冷静な立ち回りに、恐ろしささえ感じる。

「もし千里が目に見えないなにかを視たとしても、だ。他の人間が確認できるような証拠が出なければ意味がない——違うか?」

宗介は千里を見てニヤリと笑った。

確かに宗介の言うとおりだ。視るだけではなく、そこから確実な証拠を引き出さなければ意味がない。千里は自分の『力』が役立たずであることを改めて宗介から突きつけられた気がした。

「きみが鶴野医師にそこまでする理由はなに?」

「陽子さんの仇を討ってくれたからだ」

話は終わったとばかりに、宗介はそばに控えている高木を振り返る。

「高木、これで満足か？」

「満足どころか、呆れております」

淡々と答える高木に、宗介は「はっ」と短く笑った。

「もう帰っていいか、烏島」

「待って」

引き留めた烏島に、宗介は「まだなにかあるのか」と面倒くさそうな顔をする。

「清水を殺したかはともかく、目黒くんを気絶させ、外に運んだのは鶴野医師だろう。そうなると話は変わってくる」

「どう変わるんだよ？」

怪訝な顔をする宗介を、烏島はじっと見つめた。

「――陽子さんは生きているかもしれない」

宗介の表情が、驚きに変わった。

「生きてるだと……？」

烏島は頷き、千里に視線を向ける。

「以前、僕は言ったよね。陽子さんを連れ出した人間ときみを気絶させた人間は、同一人物の可能性が高いって」

「ちょっと待てよ。千里を気絶させたのが鶴野だとして、どうして陽子さんを連れ出したのも鶴野だと断言できる？　あのあと儀式がおこなわれたのなら、連れ出したのは神主の可能性の方が高いんじゃないか？」

宗介の問いには答えず、烏島は千里を振り返った。

「目黒くん。二度目にお堂に入ったとき、女性を縛っていた布やロープが落ちていたと言ってたよね？」

「あ、はい」

お堂と一緒に燃やされてしまったが、記憶に残っている。

「もし神主のように悪意がある人間が陽子さんを連れ出そうとするなら、わざわざ拘束を解いたりしないだろう。その場で拘束を解いたのは、連れ出した人間に助ける意思があったからだ」

「なら、千里が視たっていう儀式は、どう説明する？」

「目黒くんは陽子さんが襲われるところを視ただけで、殺されるところを視たわけじゃない」

しんと部屋が静まり返った。

「鶴野医師の行動を洗えば、なにかわかるかもしれない。どうする？」

しばらく考え込んでいた宗介は、なにかを決意したように烏島を見た。

「――依頼取り下げを撤回する」

逆さ竜

千里は受付で入館料を払い、建物の中に入った。

調査は再開されたが、力を使うことを禁止されている千里にできることは少ない。そのため千里は郷土資料館に行くことにした。七柱の伝説について書かれた本があるか確かめるため、そして職員に陽子の話を聞くためだ。もちろん烏島には許可を取っている。

階段を上がろうとしたとき、突き当たりにあるガラスのショーケースの中に飾られた絵に目が留まった。

引き寄せられるようにケースの前に立つ。墨で描かれたおどろおどろしい竜は迫力があった。天から地に向かって身をくねらせ、口からなにかを吐き出している。絵の横にあるプレートには、『神除川の竜神』と書かれてあった。

「――逆さ竜だ」

聞き覚えのある声に、千里は後ろを振り返る。そこには、制服姿の宗介が立っていた。

「宗介さん……どうしてここに？」

「烏島に、あんたがここにいるから行けって言われたんだよ。よくわからねぇが、俺がいる方がいいんだろ？」

隣に立った宗介に、千里は少し身構えた。調査が再開されたので、依頼人として対応しなければならない。

「……さっきの『逆さ竜』って、なんのことですか？」

「この絵はもともと竜が天に昇っている構図で描かれていた。だが完成直前に、絵師が流行り病にかかって死に、その後、未完成の絵を買い取った地主が、天から竜が降りてくる絵だと勘違いして、上下さかさまに絵を飾った」

宗介は竜の口のあたりを指さす。

「竜が地に向かって炎を吐いているように見えるだろ？」

確かに炎だと言われれば、炎にも見える。

「昔、七柱の伝説にある神社のひとつが誤った内容で儀式をおこなった。その年、川は氾濫しなかったが、かわりに大火災が起こった。多くの人、家、田畑が焼けた。それがいつしかこの絵と結びつき、儀式を失敗すると逆さ竜が火災をもたらすという逸話が生まれた」

「……詳しいですね」

絵にはタイトルだけで、そんな説明はついていない。

「これはうちの祖父が寄贈したものなんだよ。それより、これからどうするんだ？」

「陽子さんがバイトしてたときのことを知ってる職員がいるので、話を聞こうと思って。あと、七柱の伝説について書いてる本があるかどうか調べに来ました」

階段を上りながら千里が言うと、宗介は唇を歪めた。

「あんたが調べたいのは、その本を陽子さんが読んだかどうかだろ？」

「……今は力が使えないので、それは調べられません」

「まだ体調が悪いのか？」

千里は具体的に説明ができず、言葉に詰まってしまう。黙り込んだ千里の態度をどう取ったのか、宗介はそれ以上、訊いてこようとはしなかった。

「あの人です」

書庫の奥にある机には、千里がこのあいだ話をした職員の女が座っていた。相変わらず不機嫌そうな顔をして、パソコンの画面を眺めている。

「宗介さんは、スムーズに話が進むよう、あの人のご機嫌を取って持ち上げてください」

「……持ち上がりそうにないぞ？」

「物理的にじゃなく――」

「冗談だ。行くぞ」

ふんと鼻を鳴らして部屋に入っていく宗介を、千里は慌てて追いかけた。

「あの、すみません」

千里が声をかけると、女はパソコンの画面を見たまま、鬱陶《うっとう》しそうな声を出した。パソコンの画面には、仕事とは関係なさそうな芸能ニュースサイトが映っている。

「資料を探すときは、まず目録見てよ」

「目録ではわからなかったので、教えてもらいたくて」

千里が言うと、女は面倒くさそうに顔をあげた。

「あんた、また来たの――あら」

「あら」という言葉がワントーン上がった。女の視線は千里の後ろに立つ宗介に向いている。

「申し訳ないんですが、少しお時間さいてもらってもいいですか？　姉が課題で使う資料を探してるんです」

丁寧かつにこやかな態度で女に申し出る宗介に、千里は呆気にとられた。『姉』とは千里のことだろうか。似ていないのに不審に思われないだろうか。あれこれ心配する千里をよそに、なぜか女の表情はぐっと柔らかくなる。

「まあ、しっかりした弟さんね。一緒に見てあげるわ。なにを調べたいの？」

「神除川について書かれている資料が見たいんです」

「それならこっちよ」

女は愛想よく言って席を立つと、さりげなく宗介の隣を陣取って腕を引いていく。このあいだ千里に「まず目録を調べろ」と乱暴に言い放った人間と同一人物とは思えない。

思わぬ宗介の手腕に感心しながら、宗介にぴったりと寄り添って資料の説明をしている女を眺めていると、宗介が痺れを切らしたような表情で千里を振り返り、『早くしろ』と無音で口を動かした。

「あの、七柱の伝説について書かれた本も、ここに置いてあるんでしょうか？」

「七柱の伝説だけについて書かれた本はないわね。地元に残る逸話や伝説をまとめた本に、ちょこっと出てるだけ」

若いイケメン効果なのか、女は機嫌よく答えた。

「詳しい内容は載ってないんですか？」

「川の神を鎮めるために、土偶を捧げてたってことくらいよ。伝説についてなら、あのコの方が詳しいんじゃない？」

「あのコ？」

「清掃のバイトしてた森沢陽子。知り合いなんでしょ？」

千里は宗介と顔を見合わせた。

「でも、ここに伝説の詳しい資料はないんですよね？」

「ないわよ。でもあの子は、『生きた資料』からいろいろ教えてもらってたみたいだから」

「生きた資料？」

「三年前、ここで館長やってた男よ」

女は吐き捨てるように言った。

「森沢さん、館長の『お気に入り』だったからね。七柱の伝説に興味があったらしくて、館長に取り入って、いろいろ教えてもらってた。館長も館長よ。あのスケベ親父、関係者以外入っちゃいけない部屋に森沢さんを入れて、古文書の読み方を教えたりしてたんだから」

「どうして館長は陽子さんを気に入ってたんですか？」

「男が女を気に入る理由なんて、ひとつしかないでしょ」

女の顔に浮かんだのは、『下世話』という言葉がぴったりくる笑みだった。

「清純そうな顔してるけど、男好きだったから、調子に乗ってたのよ。私がときどき注意しても効果なし。図々しいったらないわ」

よっぽど腹に据えかねていたのか、女は息つぎも忘れた様子で言葉を並べたてた。

「あの、その館長は今もここにいるんですか？」

　これ以上悪口を続けられると、隣で黙り込んでいる宗介がキレそうだ。千里は話を変えるために、別の質問をした。

「今はいないわ。死んだから」

　意外な事実に、千里は驚いた。

「いつ？」

「三年前。書庫で梯子から転落して頭を打ったの」

　死んでいるのでは、話が聞けない。千里は落胆した。

「最悪だったわよ。こっちは人が死んだ部屋で仕事を続けなきゃならないし」

「陽子さんは館長の死後も、バイトを続けてたんですか？」

「いいえ。しばらくして辞めたわ。チヤホヤしてくれる館長もいなくなったし、さすがに居心地悪くなったんでしょ」

「だろうな」

　女に同調した宗介に、千里は驚いた。

「あんたみたいなクソババアと短時間同じ空気を吸っただけで、俺も居心地が悪くなる」

　宗介は好青年のお面をはずし、いつもどおりの他人を小馬鹿にしたような態度に戻っていた。一瞬にして豹変した宗介に、女はぽかんと口を開けている。

「行くぞ、千里」

宗介に腕を摑まれ、千里は引きずられるように出口に向かった。

＊　＊　＊

「宗介さん！　どこに行くんですか？」

郷土資料館を出ても、宗介は千里の手首を離そうとしなかった。痛くはないが、振りほどけない強さで摑まれているため、千里は宗介についていくしかない。

「あのクソババアのせいで俺は気分が悪い。付き合え」

そう言って宗介が千里を引っぱっていったのは、資料館の裏の広場にある移動式のカフェワゴンだった。車のそばには黒板が置いてあり、可愛らしい字でメニューが書かれている。

「なにがいい？」

「私は要りません」

「ベリーミックススムージーをふたつ」

宗介は千里の返事など聞こえなかったかのように、店員に注文する。手首を摑まれているせいで逃げられない。

「来いよ」

店員からカップを受け取ると、宗介は緑色のパラソルの下に設置されたベンチへ移動する。千里がどうするべきか迷っていると、「早く来い」とまるでペットでも呼ぶように手招きされた。

千里が宗介の隣に少し距離を取って座ると、スムージーの入ったカップを渡された。

「いくらでしたか？」

「かまわねぇよ、これくらい」

「高校生に払わせるわけにはいきません」

千里が財布から小銭を取り出し、宗介に押しつける。宗介は小銭と千里を交互に見ながら、小さく笑った。

「……あんたから見ると、俺は普通の高校生なんだな」

小さな呟きに千里が「え？」と首を傾げると、宗介は「なんでもない」と言ってストローに口をつけた。

濃いピンク色のスムージーはキンと冷たく、夏の暑さでまいった身体を目覚めさせてくれるような甘味と酸味が口の中に広がった。しばらく、ふたり並んでスムージーを啜る。沈黙は気にならなかった。

「――あの女が話す『森沢陽子』は、陽子さんじゃない」

広場の向こうに見える通りを眺めながら、宗介は言った。

「陽子さんを男好きみたいに言いやがって。男好きはてめぇだろうが。ベタベタひっついてきやがって気持ち悪い」

怒りがおさまらないのか、忌々しげに言う宗介に、千里はため息をついた。

「……すみません」

千里が謝ると、宗介が不思議そうな顔をした。

「なんであんたが謝るんだよ」

「やっぱりひとりで行くべきだったと思って」

あの職員が陽子をよく思っていないことは、はじめからわかっていたことだ。宗介の前で悪口を言う可能性は十分すぎるほどあったのに、うっかりしていた。

「……あんたはいつもそうなのか」

「え？」

「ひとりでなんでもできるわけがねぇだろ。もう少し人に甘えることを覚えろ」

意外な言葉に、千里は戸惑う。

「いや、宗介さんに甘えるのはちょっと……」

依頼人以前に、宗介は高校生だ。千里にもプライドがある。

「ああそうか、俺のことは『信用できない』んだったな」

自嘲気味に笑う宗介に、千里は驚いた。まさか宗介が、自分が言い放った言葉を覚えているとは思わず、居たたまれなくなる。

「……私、そろそろお店に戻りますね」

千里は空になったカップを持って立ち上がった。

「まだいいだろ」

「一時間くらいで戻るって烏島さんに言ってあるんです」

「また烏島か」

低くなる声とともに、宗介の機嫌も急降下する。千里は宗介の地雷がどこにあるか、いまだによくわからない。

「依頼人と話をするのも仕事のうちだろ。もう少し休んでいけよ」

乱暴な口調だが、千里を気遣うような言葉を掛けられる。どうして宗介が自分に親切にしようとするのか考え、行き着いたのはやはり『力』のことだった。

「……そんな気を遣わなくても大丈夫ですよ」

千里が言うと、宗介が怪訝な顔をした。

「今の私に親切にしても、なんのメリットもありません」

「俺はそんなつもりで言ったんじゃない」

「仕事ならちゃんとやります。仕事以外で『力』を使って、宗介さんに不利益になるようなことはしませんから」

千里はぎこちなく笑ってみせる。

「――だから宗介さんも、仕事以外では私に関わらないでください」

「館長が死んだのは、三年前か……」

店に戻った千里は寄り道したことを隠し、郷土資料館で聞いた話を烏島に報告した。

「重要文献が収められた書庫の梯子から落ちたそうです」

「その館長は伝説について詳しく知っていた？」

「らしいです。職員は『生きた資料』って言ってました」

「なら『土偶』じゃなく『人間』が捧げられていたことも、古文書の存在についても知っていたかもしれないね」

烏島は少し考え込むような顔をした。

「あの、烏島さん……私、力を使ってもいいですか？」

「突然だね。どうしたの、急に」

「重要文献を置いてある書庫に忍び込めれば、陽子さんと館長がどういうやりとりをしてたのか、わかるかもしれません。それに――」

「必要ない」

烏島は千里の言葉を遮るように言った。烏島には珍しい強い口調に、千里は少し驚く。

「館長はもう死んでるし、陽子さんの家が七柱の伝説に関わってると知られたら、彼女の名誉にも関わる。郷土資料館に行くのはもう終わりにしよう」

「……わかりました」

確かに陽子についての情報が、あの女職員に知られるのはまずい。千里は素直に従うことにした。

「あの、いつから私、力を使えるんでしょうか？」

「生理は終わった？」

「……もう少しで終わると思います」

宿題は終わったの、くらいの軽さで訊かれてしまうと、恥ずかしがっている方が馬鹿らしくなる。

「早く使いたい？」

烏島の問いに、千里はこくりと頷いた。

「僕はね、目黒くん。力を使うことだけでなく、きみに『視る』ということについて、よく考えてもらいたいんだ」

烏島は真剣な表情で千里に言う。

「考える……？」

「きみが視る映像は事実だろうけれど、真実ではないかもしれない」

事実だが真実ではない。どういう意味かわからず、千里は困惑した。

「どういう意味ですか？」

「『視る』という行為には、常に主観がともなう。十人の人間が同じ光景を目にしていれば、そこには十通りのとらえ方があるということだ」

烏島はチェアから立ち上がり、ソファに座っていた千里の隣に腰掛ける。

「たとえば郷土資料館の女職員は、陽子さんのことをよく思っていない。もし陽子さんが善いおこないをしたとして、それを目の前で見ていたとしても、きっと彼女はアラを探すか、その善行自体をなかったことにするだろう。反対に陽子さんになにか悪い噂が立てば、彼女は真偽を確かめることなく、その噂が事実だと思い込む」

烏島はそう言って、千里をまっすぐに見つめた。

「きみは確かに他人が見えないものを視ることができる。でもそれが真実とは限らない。視た映像から、主観によって真実を捻じ曲げる危険があるということを、よく覚えておいてほしい」

「危険……ですか」

「そう、危険だよ」

烏島の指が千里の唇に触れた。指の腹で下唇を擦《こす》られて、千里は硬直する。しかし、驚くのはまだ早かった。

「――いちご？」

烏島が千里の唇に触れた指を、ぺろりと舐めてそう言った。一連の動作を呆然と見ていた千里は、身体中の血が沸騰するような感覚に襲われた。

「食べたり飲んだりしたあとは鏡を見るようにした方がいいよ、目黒くん。宗介くんはなにも言わなかったの？」

烏島はそう言って、にっこりと笑った。どうやら宗介と寄り道をしたこともバレているようだ。千里がどう言い訳しようか考えていると、勢いよく部屋の扉が開いた。

「お邪魔しまぁす」

ソファで烏島と向き合っていた千里は、驚いて入口を見る。そこにいたのは、サングラスをかけた鳩子だった。

「あら、本当にお邪魔した？」

サングラスを取り、大胆に開いたシャツの胸元にかけた鳩子が、コツコツと靴音を立てながら部屋の中に入ってくる。

「いや、ちょうど終わったところですよ」

烏島はどうぞ、と鳩子にソファをすすめる。

「千里ちゃんの顔と口が真っ赤なのが気になるけど、まぁいいわ」

思わず口を押さえた千里を横目に、鳩子はソファに腰掛け、脚を組む。サイドに深いスリットの入ったペンシルスカートから傷ひとつない素足がのぞき、千里はいけないものでも見たような気分になって、慌てて目を逸らした。

「お仕事再開、嬉しいわー。今日はまた新しい情報、持ってきたわよ」

鳩子は烏島と千里に向かって、片目を瞑ってみせる。

「清水がお香で稼ぎ出した金額がわかったの」

「いくらですか？」

「一五〇〇万」

あのお香でそんなに儲かるとは。まじめに働くのが馬鹿らしくなりそうだ。

「お金の使い道についても調べたけど、この一か月、清水はあれだけ好きだったクラブ通いをしてない。なじみのホステスにも大金を落としていってなかったわ」

「お金の行方はわからない……か」

烏島は、溜め息をつく。

「清水が死んだことは、そっちでは噂になってますか」

「ええ。なんかヤバい殺され方したんでしょ？　お香の件で消されたんじゃないかって言われてるわ」

つまり鶴野の方には疑いが向いていない、ということだろうか。千里は安堵した。

「あともうひとつ。清水ね、ホステス名義で部屋を借りてたみたいなの。彼女、自分に疑いがかかるのを心配して、近く部屋を引き払うことにしたのよ。でも清水の私物がいくつか持ち込まれてて、処分に困ってるみたい」

「その私物、うちに流してもらうことはできませんか」

「できなくはないけど……怪しまれないようにお客さん連れてクラブに飲みに行くのは結構大変なのよ」

鳩子はちらりと烏島を見た。

「もちろん報酬ははずみますよ」

「それプラス、今度同伴して」

「僕は無理ですが、代わりにいい男を紹介します」

「約束よ」

烏島と鳩子は千里の目の前で握手を交わす。

「でも皮肉よねえ」

鳩子は、珍しく真剣な表情で呟いた。

「なにがですか？」

「清水って神主でしょ。神様に仕えてたのにこんな無残な死に方をするなんて」

「そうでもないでしょう」

烏島は静かに否定した。

「神になり代わろうとした人間の、ありきたりな結末です」

＊＊＊

鶴野の葬儀は、神除市の斎場でおこなわれた。

この中で故人の死を心から悲しんでいる人は、どれくらいいるのだろう。買ったばかりの喪服を身に纏い、数少ない参列者のひとりとなった千里は、パイプ椅子に座ってお経を聴きながら、そんなことをぼんやりと思った。

両親の葬儀のとき、参列者だった遠縁の男性が「旅行に行く予定だったのに」とボヤいていた。彼と同じように思っている人は他にもいただろう、口に出さないだけで。

鶴野には身寄りがないため、葬儀は七杜家主導でおこなわれた。この斎場も七杜の関連会社が運営しているらしい。

千里から少し離れた席には、宗介が座っていた。

宗介は制服ではなく、礼服を着ていた。その横顔からは、感情が読み取れない。

千里は今日ここに来てから、宗介と言葉を交わしていなかった。避けるつもりはなかったが、やはり気まずい。宗介も千里に積極的に近づいてこようとはしなかった。

最後のお別れで、千里は鶴野の顔をどうしても見ることができなかった。それが終わると、出棺を見送るため外に出る。霊柩車が斎場を出ていくのを見届けた千里は、悲しみよりも虚無感に襲われていた。

ロビーに入ろうとしたとき、少し離れた場所で出棺を見送っていた宗介が突然、斎場の外へと駆け出した。異変を感じた千里は、宗介を追いかける。

斎場の門を出てしばらく走ると、歩道上で立ち尽くしている宗介を見つけた。

「宗介さん！　どうしたんですか？」

「……陽子さんがいたような気がした」

千里は驚いてあたりを見回した。斎場前の道路は休日のせいか多くの通行人が歩いていた。しかし、陽子さんらしい人間は見当たらない。

「本当に陽子さんだったんですか？」

「いや……疲れてるのかもな。最近、黒髪の若い女が陽子さんに見えるときがある」

宗介は自嘲気味に笑い、目のあたりを押さえた。遠くで見たときはわからなかったが、ずいぶん疲れているように見える。

「……大丈夫ですか」

「あんたに心配されるようじゃ終わりだな」

宗介は「ハッ」と乾いた笑いを漏らした。

「俺には親切にするな、関わるなと言っておいて、あんたは俺に干渉してくるのか」

「そういうつもりじゃ――」

「じゃあ、どういうつもりだ？」

強い視線と口調でそう問われ、千里は返す言葉を失った。その場が気まずい沈黙に支配されかかったとき、スカートのポケットの中で携帯電話がバイブレーションで着信を知らせてきた。

「すみません……電話がかかってきたので」

千里は宗介に背を向けて携帯電話を取った。

「もしもし、目黒くん？　葬儀は終わったかな」

耳に流れ込んできた声に、千里はほっとした。

「ついさっき、出棺しました。なにかありましたか？」

「きみが神社で襲われかけた日の、鶴野医師の行動がわかった」

千里はドキリと心臓が跳ねる。

「廃車にする予定の鶴野医師の軽トラから、高速道路のレシートが出てきた。あの日の夜、彼は高速に乗ってるんだ。翌日の朝、鶴野医師はまたそこから高速に乗り、自分の家近くのインターチェンジで降りている」

「高速道路？」

「鶴野医師の遺書には、葬儀が終わって落ち着いたころに、知人に報せを出してほしいと書かれていた。そのリストに、とある夫婦の名前と住所があったんだ。その夫婦は彼が降りたインターチェンジのすぐそばで民宿をやってる」

「ということは……あの夜、鶴野先生はその民宿に泊まったってことですか？」

友人を訪ねるにしては、適さない時間だ。翌朝帰ったのなら、観光で行ったわけでもないだろう。

「だろうね。でも残念ながら、鶴野医師が泊まったという証拠までは摑めなかった。そのかわり、ひとつ気になる情報が入ってきたよ」

「なんですか？」

「最近、そこの民宿に新しい従業員が入ってきたそうだ。それも、鶴野医師が旅館を訪れたあとに」

千里はごくりと息をのむ。

「……どんな人なんですか？」

「名前はわからない。わかっているのは、若くて綺麗な黒髪の女性ってことだけだ」

千里が烏島との電話を終えると、宗介は斎場の方へ戻り始めていた。千里は慌てて、追いかける。

「宗介さん！　待ってください！」

宗介の腕を取ると、素っ気なく振り払われた。カッと頭に血が上った千里は、その背中に思いっきりタックルする。バランスを崩し転びそうになった宗介が、怒りに満ちた表情で千里を振り返った。

「なにしやがる！」

いつもの千里なら怖《お》じ気《け》づいてしまうような声と顔だったが、今はそんなことはまったく気にならなかった。

「――陽子さんが、見つかったかもしれません」

お堂の女

「ここか？」

「そうです」

宗介の家の車でやってきたのは、海沿いにある民宿だった。二階建ての鉄筋の建物には、『民宿はまだ』という看板がかかっている。

陽子が見つかったかもしれない――千里が言うと、宗介はすぐに民宿に向かうことを決めた。高木は火葬場に行くため同行しなかったが、「決して無茶はなさいませんよう」と宗介に釘を刺していた。

車の中で宗介はずっと黙ったままだった。

きっと複雑な心境だろう。七杜家に入ったのが古文書のためだったこと、そして宗介の前からなにも言わず姿を消したこと。そういった事実が、捜し求めていた人に会える喜びだけでなく、緊張や不安、そしてもしかしたら裏切られたような気持ちを宗介に与えているのかもしれない。

夏休み中なので、浜辺や周辺の小売店は海水浴客で活気づいていた。その中で、黒塗りの車と喪服に身を包んだ宗介と千里は、完全に浮いていた。

「──行くぞ」

宗介は運転手に離れた場所で待つよう指示を出し、民宿のガラス戸を開けた。千里もそれに続く。

中はコンクリートの広々とした土間になっており、砂のついた浮き輪やサーフボードなどが立てかけられていた。

「すみません」

千里が声をかけると、土間の奥の襖が開き、年配の女が顔を出した。鶴野と同じくらいの年齢だろうか。海沿いの町らしく肌は黒く焼け、白髪とのコントラストが鮮やかだ。恰幅のいい身体に、『はまだ』と白く染め抜かれた紺色のエプロンがよく似合っている。

「いらっしゃい。ご予約のお客さん……じゃないわよねぇ」

「はい。あの、女将の浜田勝子さんですか？」

「ええ、そうよ」

「ここで働いてる若い女性について話を聞きたくて、来ました」

勝子の顔から笑顔が消えた。

「……いったいなんのために？」

「鶴野先生が、最近ここに泊まりましたよね？　若い女性が一緒じゃありませんでしたか？」

「お客様でないのなら、お帰りくださいな。うちは忙しいんです」

強張った表情のまま、勝子は立ち上がった。その彼女を引き留めたのは、宗介だった。

「――鶴野は死んだ」

こちらを振り返った勝子の目は、驚愕《きょうがく》の色に染まっていた。

「自殺だ。今日が葬儀だった」

「……そんな、まさか」

「もし『彼女』が知らないなら、伝えてほしい」

宗介はそう言って店の外に出ようとした。そのとき、奥の襖が開いた。

「待ってください！」

そこから出てきたのは、長い黒髪をひとつにまとめた若い女だった。

「鶴野さんが亡くなったって、本当ですか？」

女は土間に下り、店を出ようとする宗介の腕を掴んで詰め寄る。

「だめよ、祐子ちゃん！」

「いいんです、勝子さん」

慌てた様子で押しとどめようとした勝子に、女は「大丈夫」と微笑みかける。

「あの……あなたは？」

そう尋ねた千里の顔を見て、女はひどく驚いたような顔をした。しかし、すぐ元の真剣な表情に戻る。

「――鶴野さんと一緒だった女は、私です」

千里と宗介は顔を見合わせた。

＊　＊　＊

「初めまして、杉田祐子です」

若い女は、そう言って頭を下げた。白い肌に大きな瞳と形の良い唇が目を引く、美しい女性だ。

民宿の広間に通された千里と宗介は、食卓をはさんで、祐子と勝子のふたりと向き合っていた。

鶴野とは長い付き合いらしく、勝子は鶴野が死んだという事実に、打ちのめされているようだった。

「鶴野先生の知り合いの、目黒千里です。えっとこちらは……」

「七杜だ」

名乗った途端、祐子が宗介を凝視する。

「七杜宗介くんですか？」

「どうして知ってる？」

宗介が怪訝な目で祐子を見た。

「鶴野さんから聞きました。名前だけですけど」

「俺だけじゃなく、千里のことも知ってるんじゃねぇのか」

「え？」

「さっき千里の顔を見て、驚いてただろ」

祐子は気まずそうに、目を伏せた。

「……目黒さんに会ったことがあるので」

「えっ、私とですか？」

祐子のような綺麗な女性なら、そうそう忘れることもないと思うのだが、千里はまったく思い出せない。

「あなたが覚えてないのは当然です。意識がなかったから」

「ちょ、ちょっと待ってください、どういうことですか？」

わけがわからず問い返すと、祐子は困ったように笑った。

「ここに来た経緯を順を追ってお話しします。いいですか？」

祐子は千里と宗介に向かってそう言い、最後に隣に座っている勝子を見た。勝子は難しい顔をしたものの、結果的に頷いた。

「うちの家は祖父の代からクリーニング屋をやってるんです。でも近くにできたチェーン店にお客を取られてしまって……おまけに両親揃ってギャンブル好きで、私に店番をさせてふたりでパチンコに出かけることが多かったんです。もちろん収入は少ないから、借金ばかり増えていって。よくローン会社から督促の電話がかかってきてました。でも最近になって、それが急になくなったんです。不思議に思って両親に訊いたら、店を売って借金返済に回すって……小さな店だから売ったところでお金にならないと思ったし、なにより祖父が始めた店だったから、私は大反対しました。それからしばらくは、両親とほとんど口をきかずに過ごしていました」

祐子の表情は次第に暗いものに変化していく。

「先週の夜、夕食を食べたあと、急に気分が悪くなったんです。意識が朦朧として、私はその場に倒れ込みました」

祐子はそこで言葉を切り、声を詰まらせる。

「それから……父と母が動けない私をスーツケースに……そこで意識は途切れました」

祐子はこらえきれなくなったように涙を拭った。勝子が労《いたわ》るように、祐子の背中をさする。

「次に目が覚めたとき、私は手足も動かせない状態で、どこかに寝かされていました。そこでやっと気づいたんです……借金の督促が来なくなった理由に。お店を売るだけで、借金が返せるはずない。私は両親に嵌《は》められたんだって」

千里は愕然とした。

娘の食事に薬を入れたのは、母親。そしてスーツケースに入れた娘を清水に引き渡した年配の男は、父親だったという。瑠璃子の母親と同じだ。金を手に入れるために、自分の娘を売った。

「そこで右頬に大きな黒子のある男は見ましたか？」

「わかりません。手足を縛られてただけじゃなく、目と口もずっと布でふさがれていたから。人の出入りはあったような気がしたけど、私がいた場所にはずっと甘い匂いが充満していて意識も朦朧としてたし、はっきり覚えてないんです」

千里はそこでやっと自分の犯した過ちに気づいた。

お堂で千里が見たのは、陽子ではなく祐子だったのだ。

だが、目と口とをふさがれ、ほとんど顔がわからない状態だったのに陽子だと思い込み、見誤った。

「これからどうなるのかすごく怖くて……そこに現われたのが鶴野さんでした」

祐子はそう言って、自分の手首をさする。よほど強く縛られていたのか、皮膚が擦り切れた痕が残っていた。

「鶴野さんは『もう大丈夫だよ』って言って、縛っていた縄や布を解いてくれました。私は身体が痺れてうまく動かなかったから、鶴野さんに肩を貸してもらって、閉じ込められていたお堂から出してもらいました」

「じゃあ、私に会ったたっていうのは……」

「お堂の中です」

やはり烏島の言う通り、千里を気絶させたのは鶴野だった。千里は少しショックを受ける。

「鶴野さんは私を外に出してから、また洞穴の中に入っていきました。しばらくして、ぐったりしている目黒さんを抱えて戻ってきました。茂みに目黒さんを寝かせて、どこかに電話していました」

それが、鶴野が宗介にかけた電話だったのだろう。

「目黒さんのことを訊いたら、迎えが来るから大丈夫だって。それから鶴野先生と一緒に森を抜けて、車に乗せてもらいました。鶴野さんははじめ家に送ると言ってくれたんですけど、私が家には帰れないと事情を説明すると、この民宿に連れてきてくれたんです」

ふとそこで、千里の中に疑問が湧き上がった。

「鶴野先生はどうして祐子さんのことを知ってたんでしょう？　知り合いじゃなかったんですよね？」

「鶴野さんは、あそこに女が閉じ込められていると知っていただけで、私のことを知ってるわけではないようでした。だからここで、鶴野さんと浜田さん夫婦に自分に起こったことや、家の事情を詳しく話しました。もう家には帰れないし、私が途方に暮れていると、浜田さん夫妻がここで働けばいいって言ってくれたんです」

祐子は勝子をちらりと見て、微笑む。勝子も、優しく微笑み返した。両親の残酷な仕打ちは、祐子を激しく傷つけたのだろう。だが鶴野や勝子によって、少しは救われた気分になったはずだ。千里にとっての、烏島のように。

「鶴野先生に会ったのは、それが最後ですか？」

「はい。でも数日後、手紙が届きました。あと――」

「お金も一緒にね」

それまで黙って祐子を見守っていた勝子が、口を開いた。

「祐子ちゃんが不自由なく生活できるように、便宜を図ってやってほしいって。かなりの金額だったから驚いたの。まさか……自殺するなんて」

勝子はそう言って、涙を拭う。鶴野は勝子を信用して、祐子をここに連れてきたのだろう。勝子も鶴野の頼みだから、受け入れた。そうやって結ばれていた絆は、悲しい形で終わってしまった。

「鶴野先生が送ってきた手紙には、他になにか書かれていましたか？」

「少し待ってもらえますか？」

祐子は部屋から出ていき、しばらくしてから戻ってきた。手には白い封筒を持っている。

「もし七杜くんか警察の方が自分のことで訪ねてきたら、これを渡してほしいと」

封筒にはきっちり封がしてあった。宗介は祐子から受け取った封筒を開け、中身を検める。しばらくして何枚もある便箋すべてに目を通した宗介は、千里を見た。

「――これは、遺書だ」

＊　＊　＊

「……陽子さんは、すでに殺されていたんだな」

帰りの車の中で、宗介がぽつりと呟いた。

「鶴野が助けたのは、陽子さんとは別の女だった。遺体はあがってないが、陽子さんの儀式はおこなわれてる。生きてる可能性は低い」

自嘲する宗介に、千里はかける言葉が見つからない。

生きているかもしれない。そう希望を持った直後に、残酷な結果が待っていた。

窓の外にはのどかな田園風景が広がっている。しばらくすると青珠神社がある森が見えた。夕日に照らし出された森を見ているうちに、千里はある可能性の存在に気づいた。

その可能性について考えているうちに、千里は居ても立ってもいられなくなった。

千里はちらりと宗介を見た。

ここで宗介にその可能性について話し、再び期待させ、もし落胆させる結果になったら――。

千里は静かに決意を固めた。

「――宗介さん、ここで降ろしてもらえませんか」

事実と真実

宗介は運転手に近くの駐車場で待機するよう告げてから、車を降りた。

質屋からすの裏手に回ったとき、ちょうど外付けの階段から女が下りてくるところだった。着ているものも顔立ちも派手な女だ。体格は少々良すぎるが、間違いなく美人の部類に入るだろう。烏島は一般の客を二階には入れない。個人的な用だったのだろうかと思いながら道を譲れば、にっこりと笑顔を返された。その笑顔を見たとき、宗介の背中になぜか悪寒が走ったが、原因はわからない。

階段を上り、店の扉を開けた宗介は驚いた。デスクチェアに気持ちの悪いお面をかぶった男が座っていたからだ。

「宗介くんか」

男が面を取り、宗介に微笑みかけた。

「脅かすなよ。千里がいたら卒倒してるところだぜ」

「そういえば、目黒くんは一緒じゃないの？」

「ここに来る途中で降ろした。なんか確かめたいことがあるって言ってたぜ」

「あの子はまた勝手な行動を……」

烏島はため息をつき、お面を布の敷き詰められた桐箱に戻した。アンティークデスクには、それ以外にもたくさんの書類や小物が載っている。宗介には価値を見出せないが、烏島は変なものばかり引き取る癖がある。

「それより、鶴野が助け出した女に会ってきた」

「陽子さんじゃなかった？」

烏島に先回りされた宗介は、顔をしかめた。

「知ってて会いに行かせたのか？」

「まさか。陽子さんの可能性も捨てきれなかったから、行ってもらったんだよ」

烏島は、デスクの上に広げてあった書類を宗介に渡した。そこにはいくつかの家庭の家族構成、それぞれの職業、収入、貯蓄や借金、所有不動産、それに加えて恋人の有無までもが詳しく書かれている。隠し撮りされたような写真のコピーもあった。すべて若い女だ。

「……なんだこれは」

「調査書だ。清水が探偵に調査を頼んでいた」

「どこで見つけた？」

「清水がホステス名義で借りてたマンションに保管されてたんだ。それより、その調査書を見て。若い娘がいる家庭ばかりを調べてるだろう。これをもとに、娘の現在の所在を調べた――唯一確認が取れなかったのが、この家だ」

烏島が抜き出したのは、杉田祐子の家の調査書だった。

「民宿にいたのは、この子かな」

「……ああ、そうだ」

「杉田祐子の両親は、数日前に海外に渡ってる」

新たに判明した事実に、宗介は目を剝いた。

「海外だと……？」

「店はすでに売りに出されてる。かなりの額の借金を負っていたのに、海外に渡るお金がどこにあったのか」

「……娘を売った金か」

自分を売った金で親が海外に渡ったと知れば、祐子はどう思うだろうか。考えただけで、胸糞《むなくそ》が悪くなる。

「これで清水がなにをしようとしていたのか、はっきりしたね」

烏島は宗介を見て、微笑んだ。

「これは僕の推測だけど、一か月前まで清水は四篠の血を引く人間を探していた。だが見つからなかった。それでも儀式は絶対におこなわなければならない。そこで彼はどうしたか」

宗介は顔を顰める。

「……あいつは親父と違い、生け贄の血筋にはこだわっていなかった」

「そう。清水の考えでは、生け贄の血筋が見つからなくても生け贄の条件に合うような若い娘を調達できれば儀式はできる。だが、適当に女を攫うのはリスクがある。家族に捜索願いでも出されたら、簡単に足がつくからね」

「捜索願いを出さないような家庭を選べばいい、か？」

「四篠家と一緒だ。家族の協力があれば事実を隠蔽《いんぺい》できる。年頃の娘がいて、なおかつ金に困っている家庭に話を持ちかけた。だが人ひとり買うには大金が要る。玉串料ではとても賄えない。だから青珠神社に代々伝わるお香を大量に調合し、金に換えることにした」

「その金と引き換えに、杉田祐子は儀式の餌食になりかけたってことか……」

宗介はそこで大事なことを思い出し、ジャケットの内ポケットから封筒を取り出して烏島に渡した。

「これは？」

「鶴野が杉田祐子に送った『本当の遺書』だ。俺か警察が来たら渡すようにと、鶴野から頼まれていたらしい」

手紙には、清水公一を殺した罪の重さに耐えきれず、自殺を選んだと書かれていた。いつだったか、烏島が推測した通りの内容だ。

「――おかしいね」

遺書を読んだ烏島の口から出たのは、意外な言葉だった。

「なんだよ、本人が書いたものじゃないとでも言うのか？」

「違うよ。内容だ。清水公一が若い女を攫い、怪しい儀式をおこなおうとしていたため殺したと書いてある。確かに清水公一は儀式をやろうとしていたが、まだ未遂だった。彼が殺すほどの恨みを抱くとは思えない」

「陽子さんに関しては未遂じゃないだろ」

清水公一が陽子に対して儀式をしたことは間違いない。

「陽子さんのことが殺人の動機になったのなら、どうしてそのことについて書いていない？」

「陽子さんの名誉を傷つけないためじゃないのか？」

烏島は再び便箋に視線を落とした。

「そうじゃない。警察や宗介くんに見せるつもりの遺書なら動機は詳細に書くはずだ。この遺書は、鶴野医師が陽子さんの存在を隠そうとしているように見える」

「なんのためにそんなことをする必要があるんだよ」

「少なくとも、陽子さんが追われることはなくなる」

「追われる？　生け贄としてか？」

顔を上げた烏島は、まっすぐに宗介を見据えた。

「いいや——犯人としてだ」

＊　＊　＊

千里は、鳥居にかかった立ち入り禁止のロープをくぐると、急いで階段を駆け上がった。

ヒグラシがカナカナと鳴いている。木々のあいだからこぼれる赤い日差しが、階段を上る千里を照らし出していた。

青珠神社は、この前来たときとなにも変わっていなかった。

宗介が蹴破った本殿の扉は壊れたため、ビニールシートで覆われている。千里はまっすぐに本殿に向かい、壊れていない正面の扉を開けた。

本堂の中は夕日が差し込み、あの夜の沈鬱な空気は消えていた。そのかわり暗がりでは見えなかった埃のかたまりや蜘蛛《くも》の巣がはっきりと見える。

千里は中に入ると、静かに戸を閉めた。

車の中で、千里は以前烏島から言われたことを、ずっと考えていた。

『主観によって真実を捻じ曲げる危険があるということを、よく覚えていてほしい』

お堂で千里が見た、陽子だと思い込んでいた女性は、陽子ではなかった。千里が千里自身の思い込みによって、真実を捻じ曲げたのだ。

あの夜も、同じだ。ここで視た映像は、体調不良が重なって鮮明なものではなかった。視えなかった映像を補完したのは、千里自身の想像力だ。

千里はゆっくりと床に膝をついた。

生理はもう終わった。烏島の言うことが正しければ、千里は『力』を使えるはずだ。

正直な気持ちを言えば、あの残酷な儀式を視るなど、二度とごめんだった。でもそれは逃げだ。自分にできることはこれしかないのだから、やり遂げるしかない。

千里は深く息を吸い、吐いた。本殿の中は、とても静かだ。久々に集中力が高まるのを感じた。千里は両手を床の上につき、目を閉じた。

しばらくの間があったあと、儀式が始まった。

映像は、この前視たときよりも鮮明だった。お面をかぶっている男が陽子の上にのしかかる。吐き気がするような映像だ。千里の心の影響を受けるように、再び映像も乱れる。だが千里は逃げたくなる気持ちを押し殺して、目を凝らした。

そして、気づいた。

陽子の首元になにか視える。それは、生け贄の印である家紋のペンダントだった。あれは陽子が燃やしたはずだ。混乱する千里を、さらに驚かせる映像が続く。

行為が終わり、お面の男は陽子に着物を着せ、本殿を出ていく。しばらくして、また誰かが中に入ってきた。右頰に大きな黒子がある。千里が知っているよりもずっと若いが、間違いない。清水公一だ。

公一は、横たわっている陽子をしばらく眺め、着物に手をかけた。そのとき、眠っていた陽子がパチリと目を開いた。身体を起こした陽子は、なにか異変を感じたようだった。我に返った公一が陽子を押さえ込もうとする。と、そこにもうひとりの男が飛び込んできた。お面の男だ。

男がお面をはずすと、その下から出てきたのは見覚えのある顔——千里が知っているよりもずっと若い、清水勇三だった。

陽子はふたりのあいだをうまくすり抜けると、着物の裾が大きく割れるのも気にせずに、外へ飛び出した。それを慌てて追いかけるふたり。

千里は目を開けた。

私が視たのは、陽子さんじゃなく瑠璃子さんだ。

心臓がドクドクと音を立てる。暑さのせいではなく別の理由で手のひらが汗ばんでいた。思考がぐちゃぐちゃになり、うまく整理できない。

そのせいで、背後に近づいた気配に気づかなかった。

床が軋《きし》む音がした。千里が振り返るよりも先に、顔に布が当てられる。抵抗するより先に、意識が遠くなる。

床に倒れ込んだ千里は目を閉じる直前、その人物を見た。

白い肌と美しい黒い瞳、そして艶やかな黒髪——それは、千里がずっと捜し求めていた女性だった。

面の下の顔

「犯人だと……？」

宗介は驚いて烏島を見た。

「清水公一の死亡時刻は、鶴野さんが杉田祐子を助け出した日の深夜だ。鶴野さんはずっと杉田祐子と一緒だったんだろう？」

「……ああ」

「なら、彼には殺せなかった」

「だからって、なぜ陽子さんが出てくる？」

「殺すほどの動機があるのは、彼女しかいない」

宗介は頭をかきむしり、ふと大事なことに気づいた。

「ちょっと待てよ。千里は本殿で儀式を視たんだろ？　陽子さんはすでに殺されてるんじゃないのか？」

「清水は儀式をしていない。できなかったんだよ」

「なぜそう言い切れる」

「これが盗まれたからだ」

烏島は桐箱に入れたお面を、指さした。烏島がかぶっていたときは、驚いてよく見ていなかったが、鋭い目や角、大きな口から剥き出しになった牙——それは竜の顔だった。

「竜の面……青珠神社の儀式で使われてたやつか？」

「いいや、これは『使う予定だったもの』だ」

「どういう意味だ？」

宗介は首を傾げた。

「青珠神社に泥棒が入った日——杉田祐子が神社に運ばれてきた日と同じ日だね。その翌日に、清水は神除市の工房に竜のお面を発注した。……つまり、盗まれたのは？」

「儀式で使用する面か……」

「そしてこれが、新たに完成したお面だ」

綺麗だろう、と烏島は宗介に面を渡す。確かに施された金箔や塗料は剥がれ落ちておらず、お面の裏も汚れていない。

「どうしてその面がここにあるんだよ」

「清水は完成したお面を、自分がホステス名義で借りてるマンションに送るよう手配していたんだ。後日、彼女から受け取る予定だったが、その前に清水は死んでしまった」

「なんで清水はわざわざそのホステスに面を預けてたんだ？　大事なモンだったはずだろ」

「大事なものだったから、預けたんだろう。神社に置いておいて、また泥棒に盗まれてはたまらないと思ったんじゃないかな。泥棒が入って以降、清水はかなり神経質になっていたそうだから」

宗介は階段で会った派手な女を思い出した。

「そのホステスって、さっきここから出てきた女か？」

「違うよ。あの人は僕の知り合いだ。清水の私物の処分に困っていたホステスに、うちを紹介してくれたんだ」

怪しまれず清水の私物を手に入れるには、最良の方法だろう。

「清水が急いで新しいものを発注したのは、これから儀式をおこなうつもりだったからだ」

「じゃあ千里が視たのは、なんだったんだ。ただの幻か？」

「目黒くんはおそらく、思い込みで真実を歪めたんだろう」

怪訝な顔をする宗介に、烏島は困ったように笑った。まるで出来の悪い生徒のことを話す教師のような顔だ。

「今年まだ儀式をおこなっていないとすれば、前回の儀式は二十一年前だ。そのときの生け贄と神主は？」

「……四篠瑠璃子と清水勇三だ」

「目黒くんが視たのは、お面を被った男が意識のない若い女を犯すところだ。あのとき目黒くんは体調が悪くて鮮明な映像が視られなかったと言っていた」

そこでようやく、宗介は理解した。

「つまり、千里は『お面を被った清水勇三』を息子の公一だと思い込み、『意識を失っている四篠瑠璃子』を陽子さんと見間違った可能性があるってことか？」

「お堂に閉じ込められていた女性を見たあとだったから、余計そう思ってしまったんだろう。陽子さんと瑠璃子さんがどれだけ似ているのかはわからないけど、母娘なら間違う可能性はある」

「お堂に閉じ込められていた杉田祐子を、陽子さんと思い込んだのと同じか……」

思い込みにとらわれると、その思い込みを間違いだと教えてくれる情報がすぐ目の前に転がっていても、不思議と目に入らなくなる。宗介にも覚えがあり、苦々しい気持ちになった。

「どうかな、宗介くん。陽子さんが犯人だということは理解してくれた？」

烏島にそう問われ、宗介は我に返る。

「いや、できない。いいか、烏島。清水は小柄だが、あれでも男だ。いくら薬があったとしても、陽子さんが気絶させて縛り上げるのは難しいだろ？」

「ふたりでやれば、できるだろう」

「鶴野はやってないと言ったのはてめぇだろうが」

「そうだ、殺してはいない。だが協力はした」

鶴野の行動を見ていたように、烏島は断言する。

「チンピラたちは、神社を嗅ぎ回っている人間がいると言っていたけど、それはおそらく陽子さんのことだ。きみの前から姿をくらました陽子さんは、青珠神社や神主の行動を調べるうちに、神主が他の若い女を使って儀式をしようとしていることを知った。自分ひとりでその女性を助け出すのは無理だと悟り、竜のお面を盗んで、儀式ができないよう時間稼ぎをしておいて、母親の恩人でもある鶴野さんに協力を仰いだ」

「……作り話としてはなかなか面白いな」

宗介の嫌味にも、烏島はにこりと笑い返すだけだ。

「ありがとう。じゃあ続きも聞いて。陽子さんは鶴野さんに接触を図り、母親が儀式の犠牲になったことを告白した。そして今、神社で生け贄にされようとしている女性がいることを伝え、助ける計画を持ちかけた。ふたりは協力して、清水を気絶させ、縛り上げる。そのあと別行動を取り、鶴野さんは杉田祐子を救出しに行った。そして陽子さんは、神主を殺した」

「――ありえない」

宗介は首を横に振った。

「どうして？」

「だっておかしいだろ？　殺しは可能かもしれないが、危険な上に大仕事だ。もし鶴野が本当に陽子さんに協力していたとしたら、彼女ひとりにやらせたりはしないだろ」

「もし、鶴野さんが、陽子さんが神主を殺そうとしていたことを知らなかったとしたら？」

宗介は、目を見開いた。

「宗介くん、きみから見た陽子さんはどんな人？」

「……頭のいい人だ。自分に厳しく、責任感が強い」

「だからこそ、鶴野さんには知らせなかった。医者である鶴野さんがその計画を知っていたら、賛成したとは思えない。黙っていた可能性が高い」

宗介は反論することができなかった。感情は否定しても、頭では烏島の意見を肯定しているからだろう。

「清水は生きたまま川に流されてる――儀式で生け贄がされたようにね」

「……儀式にのっとった復讐か」

烏島は頷いた。

「彼女は優しく、か弱いだけの女じゃない。きみが考えているよりもずっと聡明で狡猾《こうかつ》だ。意志も強く、行動力もある。冷静で、機を待つ忍耐力も備えている」

宗介は七杜の屋敷で働いていた陽子を思い出す。笑う顔、怒る顔、たまに見せるさみしそうな顔。宗介の知っている陽子には、殺人など犯せるようには思えない。だが人づてに聞く陽子の行動を辿れば、彼女ならできたかもしれないと思う自分がいた。

「……ひとつ、わからないことがある」

「なにかな？」

「清水公一は儀式の準備を進めていただけで、結果的には未遂だった。それなのに殺したのはどうしてだ？」

「未遂だからこそ、陽子さんは公一を殺しておくべきだと思ったのかもしれない。生きていれば必ず彼は儀式を続けようとしただろう。これ以上自分の母親のような犠牲者を出すことは絶対に避けなければならなかった」

宗介はデスクの上に置かれた鶴野の『本当の遺書』を手に取った。

「……鶴野は陽子さんを庇おうとしたのか」

「鶴野さんは自分が死んだあと、陽子さんに容疑がかからないように、保険を残した」

「それがこの、遺書ってわけか」

太陽の下を堂々と歩ける子になってほしい——そう願って、瑠璃子は『陽子』と名づけた。おそらく鶴野もそう願い、陽子の罪を被った。

「じゃあ……陽子さんは、今もどこかで生きてるってことか？」

「そうなるね」

「なら今日俺が見たのは、見間違いじゃないんだな」

宗介が言うと、烏島は「今日？」と首を傾げた。

「今日出棺のとき、陽子さんに似た人を見かけた。遠目だったから、はっきり確認したわけじゃないけどな」

それを聞いた烏島は、表情を厳しいものに変化させた。

「宗介くん、これはちょっとまずい展開だ」

「なにがだよ」

「陽子さんはもしかしたら、鶴野さんの葬儀が終わるのを待っていたのかもしれない」

「なんのためにだ」

「清水勇三は『まだ』生きてる。もし彼女が次の行動を起こすとしたら、恩人に最後のお別れをした『今』だろう」

赤い日差しが差し込む部屋の中で、烏島の瞳が鋭く光った。

「——復讐は、まだ終わっていない」

宗介は運転手に「すぐ戻る」と伝えてから、車を降りた。

『――復讐はまだ終わっていない』

どこにいるかわからない陽子を捜すより、居場所がわかっている清水勇三を訪ねる方が手っ取り早い――そう宗介に言ったのは、烏島だ。

本来ならばこういう仕事は千里の役割なのだが、どこをほっつき歩いているのか、店に戻ってこなかった。烏島が店から出る気がないことは、わざわざ訊かなくてもわかっている。

「……依頼人使いの荒いヤツだ」

宗介はそう毒づいて、建物の中に入った。

面会時間は終了しているはずだが、受付はなぜか慌ただしい雰囲気に包まれていた。奥で同僚らしき男と話をしていた若い女が宗介に気づき、近づいてくる。

「あなた、このあいだ来てた……今日はもう面会時間は終わりましたよ」

宗介は覚えていないが、女の方は宗介に覚えがあるらしい。女が男の顔を覚えているのは、好意を持っているか極端に嫌悪しているかのふたつに分かれるとどこかで聞いたことがあるのだが、この場合はどちらだろうか。そんなことを考えながら、宗介は女に微笑みかけた。

「面会ではないんです。清水勇三さんはどうしてるか教えてもらいたくて」

女から金や情報を引き出そうとするときは、最初の出だしが肝心だ——そう宗介に説いたのは、父親だった。猫をかぶるのは面倒だが、こればかりは仕方ない。

「清水さん？　清水さんは今、ちょっとね……」

勇三の名前を聞いた途端、女は困った顔をする。

「なにかあったんですか」

「今日の昼過ぎに面会に来た人が清水さんを散歩に連れ出したまま、まだ戻ってこないらしいの」

女は声を潜めてそう言った。

「面会？　どんな人ですか？」

「私はそのときシフトに入ってなかったから見てないんだけど、若い女性らしいわ。マスクをしてたから顔はよくわからなかったそうよ」

烏島の言うとおり、これは本当にまずい展開かもしれない。もちろん宗介が心配しているのは勇三ではなく、連れ出したという女の方だ。

「面会カードは？　連絡先を書いてるでしょう」

「ええ。カードに書かれた電話番号に電話をかけたんだけど、書き間違えたのか繋がらないのよ」

おそらくそれは、故意にだろう。

「その面会カード、ちょっと見せてもらえませんか」

「それは無理よ。個人情報になるから……」

宗介は目の前にあった女の手にさりげなく触れた。女が驚いた顔をし、それから頬をほんのりと染める。

「個人情報といっても名前だけでしょう。電話は繋がらないんだし」

「でも……」

女が迷い始める。あとひと押しとばかりに、宗介は顔を寄せた。

「もしかしたら俺の知ってる人かもしれない。名前を見たらわかると思うんですが」

慣れない笑顔と丁寧な言葉遣いで、表情筋が引きつりそうだ。だがそれだけの価値があった。女が背後を気にしながら受付カードをめくり、さりげなく宗介から見えやすい位置に移動させたからだ。

見せるのはまずいが、たまたま見られたのなら仕方ない、そういうことなのだろう。宗介は礼代わりに目配せをしてから、カードを覗き込む。

そこに書かれていた名前を見て、宗介は目を見開いた。

＊　＊　＊

老人ホームを出て車に乗り込んだ宗介は、礼服のジャケットから携帯電話を取り出した。

着信履歴には高木の名前がずらりと並んでいる。これは帰ったらまた説教コースだなと思いながら、烏島に電話した。

「もしもし、宗介くん？」

すぐに烏島が応答した。やけに早いなと思いながら、宗介は口を開く。

「烏島、本当にまずい展開になりそうだ。老人ホームから清水勇三が消えた」

「ひと足遅かったんだね。どこに行ったかはわかってるの？」

「午後に面会に来た女が、勇三を散歩に連れ出したまま戻ってないらしい。面会カードには『四篠瑠璃子』と書かれてた」

陽子が瑠璃子に似ているのなら、勇三はさぞ驚いたことだろう。

「陽子さん自身じゃなく『四篠瑠璃子』の復讐ってことか」

公一と同じように、川にでも流すつもりか？」

宗介は焦燥を感じながら、窓の外を眺める。山の向こうに沈みかけた夕日が、空を赤く染め上げている。まるで燃えているようだ。

「……『逆さ竜』だ」

宗介は知らず、そう呟いていた。

「逆さ竜って？」

「神除川の竜神にまつわる逸話だ。七柱の伝説で儀式を失敗したとき竜神が怒り、その神社を焼き尽くした」

「陽子さんは逆さ竜を知ってる？」

「郷土資料館に、うちが寄贈した逆さ竜の絵があるんだ」

陽子がアルバイトしていたときも、あの絵はあったはずだ。だが逸話についてはどうだろう。宗介は説明した覚えはないが、当時の館長が説明したかもしれない。

「二十一年前、瑠璃子さんは川で死なず、生け贄にはならなかった。清水勇三は儀式を失敗してる」

「まさか……神社を焼き尽くすつもりか？」

青珠神社は立ち入り禁止にしてはいるが、警備は置いていない。失敗した、と宗介は思った。

「宗介くん、ショックを受けているところ申し訳ないんだけど、こちらも少しまずい展開なんだ」

「どうした？」

「目黒くんがまだ戻ってこない。携帯に連絡しても出ないんだよ」

千里と別れてから、二時間はたっている。すぐ店に戻ると言っていたのに、なにをやっているのだろうか。

「GPSで居場所がわかるんじゃないのか？」

「調べたら目黒くんは今、老人ホームにいることになる。宗介くん、一緒じゃないんだよね？」

宗介はまさかと思い、座席を確認する。すると足元に見覚えのある携帯電話が落ちていた。

「あのアホ……」

宗介は頭痛を感じ、こめかみを押さえる。

「おい烏島、千里がうちの車に携帯電話を落としていってる」

「そんなことだろうと思ったよ。宗介くん、今日、目黒くんをどこで降ろした？」

宗介はさらに頭が痛くなるのを感じた。

「——青珠神社だ」

竜の花嫁

鼻をつくような匂いに、千里は目を覚ました。

視界に広がったのは、暗い天井だ。頭が痛く、ぼんやりする。おそらく倒れる前に嗅がされた薬のせいだろう。そして、この本殿の中に立ち込める刺激臭、灯油だろうか。

赤い日差しに染め上げられていた本殿は、今は薄闇に包まれている。どれくらい時間がたったのだろうか。千里が身体を起こすと、少し離れた場所に白い着物を着た人間が横たわっていることに気づいた。

陽子、さん？

気を失う前に、陽子の姿を見たような気がした。もしかして、あれは幻ではなかったのではないか？　慌てて立ち上がろうとした千里は、ふらつく身体を支えきれず、その場に倒れ込んだ。

激しい痛みに声にならない悲鳴を上げる。どうやら足首をひねったらしい。少し待っても痛みは引かず、千里は足を引きずるようにして、倒れている人間に近づいた。

「……どうして」

顔を覗き込んだ千里は、思わずそう呟いた。

そこに倒れていたのは陽子ではなく、清水勇三だった。勇三は千里が近づいても、ピクリとも動かない。脈を確かめようと手を伸ばしたとき、千里の背後で扉の開く音がした。

振り返った千里は息をのんだ。そこには、竜のお面をかぶった人間が立っていたからだ。

竜のお面は千里が映像で視たものと一緒だった。かなり古く、塗装もところどころ剥げている。白い着物と袴も同じだ。手には、竜の鱗の家紋が入った冊子を持っている。青珠神社の古文書だ。間違いない。

竜のお面をつけた人間は、音もなく中に入ってくると、静かに扉を閉める。千里は完全に腰が抜けていた。もし足に怪我をしていなくても、きっと立ち上がれなかっただろう。

突然の来訪者は千里の前に立つと、おもむろにお面をはずした。

恐ろしい竜のお面の下から現れた顔を見て、千里は呆然とした。

「……陽子、さん？」

千里が何度も映像で視た女性が今、目の前に立っていた。

「初めましてだけど、初めましてじゃないわね」

初めて聞く陽子の声は、想像していたよりも低く掠れていた。

「あなたも私のことを知ってるようだし、私もあなたを知ってる」

千里は驚いた。

「どうして……？」

「鶴野先生から話を聞いたの。宗介くんと一緒に私を捜していたんでしょう？」

鶴野が陽子と連絡を取っていたことに、千里は驚いた。

「……そうです。陽子さんは今までどこにいたんですか？」

「宗介くんやあなたの近くにいたわ」

「近く……？」

「あなたたちが私のことを調べていることを知ってからは、見つからないよう立ち回るのが大変だった」

陽子が自分たちに見つからないように動いていた。まったく気づかなかった自分と、真剣に陽子を捜していた宗介が滑稽《こっけい》に思えてくる。

「……宗介さんは、陽子さんが突然いなくなったことを心配してたんですよ」

「青珠神社の神主が頻繁に屋敷に来ていたから、私が生け贄の家系の血を引いていることを感づかれたんじゃないかと思って、逃げたの」

「でも黙って出ていかなくても……」

「時間がなかったの。それに、目的を感づかれるわけにはいかなかった」

「目的？」

「忌まわしい青珠神社の神主の血を絶つこと」

陽子はいまだ意識を失っている勇三の横を通り過ぎ祭壇の前に立つと、そこに竜のお面と古文書を置いた。

「ここでおこなわれていた儀式のことは知っている？」

「……はい」

「どうやって知ったの？」

「前の神主……清水勇三さんから、聞きました」

陽子は「そう」と頷くと、古文書を手に取った。

「私はこの古文書を読んで、自分の母親がなにをされたか知った」

古文書に視線を落としたまま、陽子は独り言のように呟く。

「どんな悪夢かと思ったわ。同時に、『儀式に関わった人間は生かしてはおけない』と思った」

その言葉に、千里はゾクリとしたものを感じた。

「だから……鶴野先生に清水公一を殺すよう頼んだんですか？」

「いいえ」

「でも、鶴野先生は自分が清水公一を殺したって遺書に書いていました」

陽子はゆっくりと千里の方を振り返った。

「――殺したのは私よ」

千里は陽子の言った言葉の意味を、すぐにのみ込むことができなかった。

「鶴野先生に連絡を取って、母親のこと、儀式のこと、神社のこと……すべて話した。清水公一を殺す計画以外は」

淡々と、陽子は語る。

「私が清水公一を殺したことを知ったとき、先生は『なにも心配いらないから、遠くに逃げろ』って。……まさか、自殺するなんて思わなかった」

「……今日、出棺のとき斎場に来ていたのは、陽子さんですか？」

「ええ。私に鶴野先生を見送る資格なんてないけれど、どうしても最後のお別れがしたかった」

陽子はそう言って、祭壇に向き直った。

「陽子さん……？」

陽子は懐から取り出したライターで古文書に火をつけると、再び祭壇に戻した。はじめは小さかった炎は徐々に大きくなり、祭壇を包む。

「なにを……するつもりなんですか？」

「儀式を失敗すれば竜神が怒り、その神社を燃やし灰とする」

どこかで聞いたことがある。このあいだ、宗介が説明してくれた『逆さ竜』だ。

「逆さ竜……？」

「それも知っているのね」

炎をバックにして微笑む陽子は、絵画のような幻想的な美しさがあった。千里は恐怖を感じる前に、催眠術でもかけられたように、見入ってしまう。

「清水勇三は儀式を失敗したせいで、竜神の怒りを買ったのよ」

陽子はそう言って、祭壇から離れた。

「……もうすぐ全体に火が回るわね。早くここから出て行きなさい」

千里ははっとして、周りを見る。祭壇の火は四方八方に広がり始めていた。灯油のせいだけでなく、最近雨が降っていなかったからか、火の回りがとても早い。

「ありがとう、話を聞いてくれて。最後に、誰かに本当のことを知ってもらいたかったの」

「最後……？」

「私はここで、清水勇三と一緒に死ぬの」

その言葉に、千里は自分の耳を疑った。

「ど……どうして陽子さんまで死ぬ必要があるんですか」

「目的は血を絶つことって言ったでしょう？　私の中にも、この汚らわしい男の血が流れてるのよ」

「陽子さんは汚れてなんかない」

「いいえ、私の血は――四篠家の血は、呪われてるの」

陽子はそう言って、勇三のそばに膝をつく。

「ここで、私は神社と、この男の最後を見届ける」

火はどんどん広がっている。だが、千里はその場を動く気にはなれなかった。痛む足を引きずって、陽子のそばに行くと、その肩を摑む。

「宗介さんはあなたを、陽子さんをずっと捜してたんです。陽子さんは宗介さんに会わなくていいんですか？」

陽子は自嘲するように笑った。

「……私には、彼に合わせる顔がないわ」

「どうしてですか？」

「私は彼を利用した——彼が自分に母親を重ねて見ていることを知った上でね」

そのとき、上の方からメリメリとなにかが裂けるような音がした。顔を上げると、天井から木くずや埃が落ちてきた。

突然、陽子に身体を突き飛ばされた。受け身を取る暇もなく、千里は無様に床を転がる。その直後に大きな音がした。

たくさんの埃や火の粉が空中に舞う。なにが起こったのかわからないまま身体を起こすと、太い梁が、陽子と清水勇三の身体の上にのしかかっていた。

「陽子さん……！」

千里は慌てて陽子のもとへ行こうとするが、ひねった足を今の衝撃でさらに痛めてしまったらしく、立ち上がれない。仕方なく、腕を使って身体を引きずるように進むしかなかった。喪服のスカートが破れる音がしたが、気にしている余裕はなかった。

梁の下敷きになった陽子は、身体を打ったせいかぐったりと目を閉じている。千里は膝立ちで身体を支え、梁を退《ど》かそうとした。しかし片端は床を突き破っているため、びくともしない。おまけに力を入れるたび足首が鋭く痛む。そのあいだにも炎の勢いはどんどん強くなり、千里は空中を舞う火の粉や煙にごほごほと噎《む》せた。

ひとりじゃ、無理だ。

千里は自力で退かすことを諦め、スカートのポケットを探った。だが、そこに入っているはずの携帯電話がない。どこかで落としたのだろうか。

「――早く逃げて」

はっとして声のした方を見ると、木材の下敷きになった陽子が千里をじっと見つめていた。

「嫌です。一緒に行きましょう」

「一緒には無理。あなたも足を怪我してるでしょう？　このまま私にかまってたら手遅れになるわよ」

「無理でも行くんです！」

「お人よしね」

その言葉に、かっと頭に血が上った。

「宗介さんはずっとあなたを捜してたんです！　こんなところであなたが死んだら、私が怒られるんですよ！」

怒る千里を見て、なぜか陽子はくすりと笑う。

「なに笑ってるんですか！」

「宗介くんに、いい友達がいてよかったわ……」

陽子はそう言って、目を閉じた。

「陽子さん……？　陽子さん！」

千里は陽子の肩を揺すってみるが、反応しない。

やっと陽子さんを見つけたのに。

腹が立った。肝心なときにドジを踏んだ自分に。そして、肝心なときにそばにいない依頼人に。

「……宗介さん」

名前を口にすると、感情が溢れ出した。

「宗介さん！　陽子さんは、陽子さんはここです……！」

ありったけの大声で叫ぶ。

「なんで……なんでこんな肝心なときに、いないんですか！　どうでもいいときは強引に私についてきたくせに！」

千里は床に手をついた。溢れ出した涙が、ぽたぽたと床に落ちる。

「宗介さんのバカ！」

思い切り大声で叫んだとき、炎に包まれていた扉が蹴破られた。たくさんの火の粉が舞い、千里はぽかんと口を開ける。

「――誰が、なんだって？」

煙と火の粉の向こうに、宗介が立っていた。激しく息を切らせながら大股で中に入ってくると、蹲っている千里を見下ろした。

「ひどい顔だな、千里」

濡れた頬を礼服のジャケットの袖でぐいと拭われ、千里は我に返った。

「宗介さん、早く、陽子さんを助けて……！」

宗介は陽子を挟み込んでいる梁に気づくと、陽子に駆け寄った。梁を持ち上げ、下敷きになっている陽子と清水勇三を引きずり出す。清水勇三の胸には割れた木材の破片が深く突き刺さり、着物を赤く染めていた。

「……こいつはもうだめだな」

宗介はぽつりと言って、陽子のそばに膝をついた。

「おい！　陽子さん、大丈夫か」

宗介は陽子の頬をぺちぺちと叩く。うっすらと陽子が目を開けた。

「……久しぶりね、宗介くん」

「ああ」

こんな再会になるとは、いったい誰が予想しただろう。千里は宗介の横顔を見て、胸が締め付けられるように痛むのを感じた。

「宗介くん……早く彼女を連れてここから出なさい」

「陽子さんも連れてくに決まってるだろ」

「私はもう動けない。その子も足を怪我して歩けないわ。全員一緒に出るのは無理」

「……すぐに戻ってくる」

「この本殿は老朽化が進んでる。もうじき崩れるわ。戻ってきたりしたら、あなたも死ぬ」

その言葉を証明するように、炎の勢いが増す。灯油をまいていたせいだろう。熱気と煙が渦巻いていた。

宗介はひとりしか助けられない。千里は宗介の目を見ることができなかった。宗介がどちらを選ぶかなど、訊くまでもないからだ。

当然というべきか、宗介の手は陽子へと伸ばされた。その白い手を優しく握り、そしてすぐに離した。

「……悪い、陽子さん」

「いいの。全部、私が望んだことよ」

陽子は微笑んで、そばで血を流している勇三を見た。

宗介はジャケットを脱ぐと、それをなぜか千里の頭に巻き付けた。視界が閉ざされた直後、千里の身体を浮遊感が襲う。千里が慌ててジャケットから顔を出すと、すぐそばに宗介の顔があり、抱き上げられているのだと気づいた。

「――さよなら、宗介くん」

陽子の別れの挨拶に、宗介は黙って背を向ける。驚いた千里は宗介を見上げた。

「宗介さん！　だめです、陽子さんが――」

「黙ってろ」

宗介が千里の顔を無理やり自分の胸のあたりに押しつけ、視界をふさぐ。そのまま走り出した宗介に、千里は言葉を飲みこんだ。

宗介と千里が外に出てすぐ、屋根の一部が崩れ落ちた。ごうと音を立て、あたりに火の粉と煤《すす》が舞い散る。それが収まると、入口は完全に炎に閉ざされた。

それを見届けた宗介は、火の粉が届かない場所まで来ると、千里を胸に抱いたまま、その場に座り込んだ。

「……宗介さん」

宗介は黙ったまま答えない。きつく抱き込まれているせいで、どんな顔をしているかもわからない。

わかるのは、千里よりもずいぶん大きい身体が、小刻みに震えていることだけだった。

千里はそっと、宗介の背中に手を回す。すると千里を抱きしめる力が強まった。

消防車や警察が到着するまで、千里は宗介の広い背中を撫で続けていた。

烏《う》有《ゆう》に帰す

千里が烏島から呼び出しを受けたのは、あの火事が起こった日から一週間たってからだった。

あの日、消防車が到着するころには、宗介はいつも通りの態度に戻っていた。携帯電話であちこちに連絡を入れ、すぐに高木と、もうひとり、年配の男が現れた。

どうやら七杜家の顧問弁護士らしい。宗介は千里の状態を『火事を見たショックで喋ることが難しく、記憶も曖昧になっている』と説明した。そのおかげで警察には主に宗介と高木、そして弁護士が対応し、千里が病院で足の手当てを受けている間にほぼすべての聴取が終了していた。

それから千里は、七杜家の運転手が運転する車に乗せられ、アパートまで送ってもらった。

烏島からはその日の深夜、電話で連絡が入った。青珠神社の火事や千里の怪我については、高木から報告を受けたらしい。千里は『僕がいいと言うまで大人しくしておくこと』と休養という名の謹慎を言い渡された。行動範囲も家とスーパーに制限され、それが解除されたのが今朝だ。

　一週間ぶりに質屋からすに入るのは、なかなか勇気が要る。

　千里は大きく深呼吸して、店の二階の扉を開けた。

「やあ、目黒くん」

　柔らかな声が千里を出迎えた。

「そこにかけて」

　デスクチェアに座っていた烏島が、ソファを指し示す。そこには先客がいた。

　制服姿の宗介だ。まさか宗介がいるとは思わず驚いていると、烏島が千里に微笑みかける。

「調査の件で話をしたくてね。宗介くんにも来てもらったんだ」

「そうですか……」

　千里は緊張しながら宗介の隣に座った。距離は近いが、正面から顔を合わせずにすむので助かった。

「久しぶりだな」

　右隣から降ってきた声に、千里は身を硬くした。

「……はい」

宗介と会うのも、一週間ぶりだった。

「足はいいのか」

「もう大丈夫です」

骨折はしておらず、両足に痣《あざ》は残っているが、歩くのはまったく問題ない。宗介の方を見ないまま、自分の手元をじっと見つめていると、烏島が宗介の正面に座る。

「悪いね、宗介くん。補習で忙しいところ呼び出して」

「今は四六時中高木に監視されてるから、いい息抜きだ」

宗介はそう言って、肩を竦めた。どうやら宗介にも、今までのツケが回ってきたらしい。

「今日来てもらったのは、他でもない、陽子さんのことだ」

烏島の口から出た陽子の名前に、千里は慌てて気を引き締める。

「青珠神社から清水勇三の遺体しか出てこなかったことについては、もう知ってるよね」

宗介はああ、と短く返事をし、千里は頷いた。

全焼した本殿から出てきた遺体は、なぜか一体だけだった。周囲の捜索も続けられているようだが、なにも発見されていない。

警察で宗介が聴取を受けたとき、陽子のことは伏せたようだった。宗介と千里は神社の様子を見に行き、火事を発見したということになっているらしい。本当に警察が納得したのかは疑問だが、そこは高木や弁護士がうまくやったのかもしれない。清水公一の件を含め、ほぼ廃墟と化していた青珠神社の火事のことはほとんど話題に上らず、早くも迷宮入りの色が濃くなっているようだった。

「きみたちが幻を見たとは言わないけど、陽子さんの遺体どころか、あそこにいた痕跡も出てこない。宗介くんの話によると、彼女が自力であの場所から出るのは無理だということだけれど」

烏島がそう言って、意見を求めるように千里を見る。千里はあのときの陽子を思い出し、目を伏せた。

「……私もそう思います」

あのとき、陽子はぐったりしていて動けるような状態ではなかった。本殿全体に火が回り、動けたとしても、外には出られなかったのではないかと思う。

「烏島、おまえはどう思ってる？」

宗介の問いに、烏島は笑みを消し、真剣な表情になった。

「——彼女は竜の花嫁として竜神に連れていかれたのかもしれない」

千里は目を瞬かせた。宗介も少し驚いたようだった。

「……おまえがそんなロマンチストだとは思わなかった」

「僕はもとからロマンチストだよ。彼女は花嫁の資格があるし、もしかしたら儀式に失敗した神主を罰するために、陽子さんに乗り移った竜神が、そのまま彼女を連れていったのかもしれないってね」

確かにあのとき、炎に囲まれていた陽子は、人間離れしているように感じるほど、美しかった。

「世の中には人間が解明できない現象がたくさんある。目黒くんの力もそうだね」

烏島から力のことに触れられて、千里は思いついた。

「私の力を使えば、陽子さんがどうなったのかわかるかもしれません」

生理が終わり、体調もいい。神社に行けば、なにかしらの手がかりが見つかるかもしれない。

「本殿はもう燃えてしまってるから無理だよ。燃え残ったものもあるかもしれないけど、すべて回収されているしね。それに目黒くん、きみがちゃんと力を使えるかどうか、まだわからない」

「大丈夫です。鮮明に視ることができました」

「へえ、僕は許可を出していないのに、いつ力を使ったの？」

そう問われ、千里ははっとした。烏島を見れば、笑っていない目がこちらをじっと見つめている。しまったと思うが、もう遅い。

「目黒くんの言い訳はあとでふたりきりになったとき聞かせてもらうよ。とりあえず僕が確認したいのは、これからどうするかということなんだ」

烏島は千里から宗介に視線を移す。

「これからも陽子さんの行方を追い続けるのは、さすがにうちでは手に余る。警察や探偵事務所の方が適任だ」

「警察は無理だな。親父が目を光らせてる。またなにかあれば、年内ずっと二十四時間監視がつきそうだ」

宗介が苦々しい表情で言う。

「探偵事務所を紹介することもできるよ」

「でも」、と烏島は言葉を切った。

「探偵事務所に頼むにしてもリスクはある。調べるためには、多かれ少なかれ陽子さんの情報を第三者に与えなければならない。陽子さんの素性を調べられたら、神社や儀式、鶴野さんの件も掘り返されかねない」

烏島の言うリスクは、宗介が最も恐れていることに違いない。そして、罪をかぶり陽子を逃がそうとした鶴野も、だ。

「判断は宗介くん、きみに任せる」

それから長い沈黙が部屋に満ちた。

「――調査は終了だ」

宗介の判断は、千里が心の底で望んでいたものと一緒だった。

「青珠神社はなくなった。もう犠牲者が出ることはない。死んでいても生きていても、陽子さんが辱められるようなことは絶対に避けたい」

宗介はまっすぐに烏島を見つめ、そう言った。

「これで、話は終わりか？」

「うん。今まで調べた内容についての調査書はどうする？　あと鶴野さんの『本物の遺書』も」

「この件に関わるものはおまえの方ですべて処分してくれ。金はあとで高木に送らせる」

宗介はそう言うと、ソファから立ち上がり、部屋を出ていった。

「話したいことがあるなら、行ってきなさい」

ドアの方を見つめていると、烏島がそう言った。思わず千里が烏島を見れば、優しい笑みが返ってくる。

「調査は終了したから、これを逃すともう会えないよ」

「……すぐ戻ります」

烏島のひと押しで、迷いが消えた。千里は急ぎ足で部屋を出る。下に降りると、店の前に停めてあった黒塗りの車に乗り込もうとしている宗介が目に入った。

「宗介さん！　待ってください！」

千里は車に駆け寄ると、閉まりかけたドアを摑んだ。

「おい、危ないだろ」

開いたドアから、宗介が顔を出す。自分を睨み上げてくる視線に千里は怖じ気づいたが、心を決めて口を開いた。

「あの、宗介さんにどうしても言いたいことがあって」

自分に関わるなと言ったのに、宗介は千里を助けてくれた。自分のせいで大事な人を見捨てるような真似をさせたことが、千里の心を重くしていた。

「私、陽子さんの――」

「俺が選んだんだ」

千里の言葉を遮るように、宗介が言った。

「あのとき、俺が俺の意志で千里を連れて出ることを選んだ。あんたが気に病む必要はねぇよ」

「でも――」

鋭い眼光に圧《お》され、千里は口を噤んだ。

「陽子さんもそれを望んでた。俺は陽子さんの意志を選んだだけで、あんたを選んだわけじゃない。思い上がるなよ」

そこで初めて千里は、自分の心を少しでも軽くするために宗介に謝罪したいだけだったということに気づかされた。そんなものは、宗介には煩わしいだけなのだろう。

千里は、唇を噛みしめ、ドアから手を離す。頭を下げ、店に戻ろうとした千里の手首を宗介が摑んだ。

「宗介さん？」

「この前、あんたは俺に関わるなと言ったよな？」

「あ……はい」

千里は無意識に身構える。

「これから先、あんたが関わるなと言っても俺は関わるからな」

千里は大きく目を見開いた。

「俺の行動は俺が決める。俺に捕まるのが嫌なら必死に逃げるんだな」

「宗介さ――」

「覚悟しとけよ、千里」

宗介はそう言って、ニヤリと笑った。

呆然と立ち尽くす千里を残し、宗介を乗せた車は颯爽《さっそう》と走り去った。

カラス金

「おかえり」

千里が戻ると、烏島がお茶の用意をしていた。

「座って」

「……はい」

烏島に『おかえり』と言われると、心が温かくなる。だがこれも、今日で終わりかもしれない。千里は暗い気持ちになりながら、再びソファに腰を下ろした。

「飲みなさい」

千里の隣に座った烏島から、紅茶のカップを渡された。ひとくち啜ると、熱い液体がじんわりと身体に染み込んでいく。

千里がここで働き始めてから一か月ほどしかたっていない。それなのに長い時間を過ごしたような、そんな安堵に包まれる。

「——久しぶりに力を使った感想は？」

烏島からそう問われ、千里は覚悟を決めた。

「……鮮明に視ることができました」

「気分は？」

「大丈夫でした」

「神社が燃えた日、きみはなにを視た？」

千里はひと呼吸置き、口を開いた。

「……二十一年前の儀式です」

「瑠璃子さんの、だね」

返事をするかわりに、飲んでいた紅茶に波紋ができた。堰《せき》を切ったように溢れてくる涙が、ぽたぽたとカップの中に落ちていく。

「どうして泣くの？」

「……力を使っても、なにもできませんでした」

依頼を受けてから、千里はいろいろなものを視たはずだ。だが結局、役に立たなかった。あげくの果てには自分の主観で真実を捻じ曲げ、鶴野が死に、陽子も死んだ。すべてが遅すぎたのだ。

烏島が千里の手からカップを取り上げた。

「目黒くん」

千里の頬に、烏島の手が触れた。そのままゆっくりと顔を持ち上げる。涙の膜の向こうで、烏島の顔がゆらゆらと揺れていた。

「僕は、初仕事にしてはよくやったと思ってるよ」

「そんな……私はなにも……」

自分のことは自分が一番よくわかっている。

「目黒くん、きみが信じるものは？」

「……お金と烏島さんです」

「なら、僕の言葉を信じなさい」

千里が頷くと、烏島は千里から手を離した。

「でも、僕の命令に背いて力を使ったことは許しがたい」

その言葉に、千里の顔が強張る。

「許可なく力を使ったらどうすると僕は言ったかな？」

「……クビにすると言いました」

約束を破ったのは自分だ。この期に及んで言い訳する気はなかった。

千里はソファから立ち上がり、頭を下げた。

「短い間でしたが、お世話になりました」

涙がこぼれそうになるのを我慢して、千里はドアに向かう。

「待ちなさい、目黒くん」

烏島はドアの前で立ち止まった千里に、一枚の書類を差し出した。

「こ、これはいったいなんですか……？」

思わず涙が引っ込んだ。千里の名前が入った精算表の利子の欄に、とんでもない額が記載されていたからだ。

「カラス金って知ってるかい？」

「からすきん……？」

「カラスが夕方鳴くころに利息がつくんだ――一割ね」

ということは。

「きみにはじめに渡したお金には、一日一割の利子が発生している」

知らぬ間にとんでもない借金を背負わされていたことに、千里は青くなった。

「ま、待ってください！　あのときのお金は、私の力を買い取ったお金じゃないんですか……？」

「買い取ったぶんの働きを、きみはしていないよね？」

千里は言葉に詰まった。確かに貰ったお金ぶんの働きはできていない。

「きみがここを出ていくというなら、元金と利子を払ってもらわないといけない」

「こ、こんな金額、無理ですよ！　払えません！」

一年飲まず食わずで馬車馬のように働いても、払えそうにない額だ。

「困ったなあ。じゃあきみはまだここを出ていけないね」

千里は目を見開いた。

「……クビじゃ、ないんですか？」

「クビになりたいの？」

いたずらっぽく笑う烏島に、千里はぶんぶんと首を横に振る。

「でも私、勝手な行動を取りました……」

「そうだね」

「結果も出せてないし……」

「そうだね」

真顔で頷く烏島に、千里は項垂《うなだ》れる。

「きみはなにもできなかったと言うけどね、社会人一年生でなにかできると思う方が間違ってる。失敗するのは当然、失敗しなかったのはただの偶然だ」

淡々としているが、辛辣《しんらつ》な言葉だった。

「きみの涙は反省しているように見せかけた、ただの驕《おご》りだよ」

確かにそうだ。返す言葉もない。

「でもね、その失敗をただ責め立ててクビにするのは、もっと愚かなことだ」

はじかれるように顔を上げた千里に、烏島は微笑みかけた。

「きみはクビを恐れることなく職務を全うした。リスクを恐れず行動することは大事なことだ。まあ多少無鉄砲なところはあったけれどね。今回きみが得た大きな収穫だよ」

「烏島さん……」

「そしてきみの収穫を増やすのが、僕の役目」

烏島は千里に手のひらを差し出した。目配せされ、千里がおそるおそるその上に自分の手を乗せると、柔らかく握り返される。

「私、ここにいていいんですか……？」

「もちろんだよ」

烏島は笑った。慈愛に溢れた、優しい笑みだった。

「きみは僕の大事な従業員《コレクション》だ――簡単には手放さないよ」

死神の余興

「——田中さん」

日陰を選びながら、建物の外を散歩していると、男に声をかけられた。

「お元気そうですね」

「おかげさまで、もうすぐ退院。あなたこそ腕の怪我は平気ですか？」

黒いシャツに包まれた男の腕を見ながら尋ねる。

「ただのかすり傷ですよ」

「怪しまれませんでした？」

「服で隠れますから」

男はそう言って、右腕を持ち上げる。まだまだ残暑は厳しい。男が身に纏っている黒ずくめの服を見るたび、暑くないのかと不思議に思う。

初めて男と出会ったのは、炎の中だった。

自分を冷たく見下ろす男を見たとき、間違いなく死神だと信じて疑わなかった。異国風の美しい顔立ちに、黒い服。男の周りを黒い羽根が舞っているように見えたが、今思うとあれは煤だったのかもしれない。

「あなたは、痕が残ってしまうようですね」

寝巻きの袖から出ている腕には、包帯が巻かれていた。でもこれも、もうすぐ取れる。取れたら長袖を着た方がいいのかもしれない。自分は気にしないが、周りが気を遣うだろう。下手に相手の記憶に残っても、やっかいだ。

「手術をすれば綺麗になると言われました。でも、しません」

「どうして」

「これは罪人の証ですから」

包帯を撫でながら、笑う。

男の口添えでこの人里離れた小さな病院に入ってから、ひと月がたとうとしていた。以前住んでいた街から遠く、知り合いに会うこともないので快適だった。どういうシステムかはわからないが、偽名で入院することもできた。ここでの名前は『田中』だ。

男が自分に会いに来たのは、これで三度目。向こうはこちらのことをよく知っているようだが、こちらはさっぱり向こうのことを知らない。だが知る知らないは、大して重要ではない。よく知っていても、信頼に値しない人間はいくらでもいるからだ。

「はじめから、私を助けるつもりだったんですか？」

「宗介くんが助けなかった方を助けるつもりでした」

そう言って、男は申し訳なさそうな顔をした。

「あなたには辛い思いをさせてしまった」

「いいえ、よかったわ。彼が間違えないでくれて」

死者の幻影にすがり続けても、不幸になるだけだ。自分自身がよくわかっている。

「でも、あなたが私をこうして助けたのは、他にも理由があるんでしょう？」

「ええ」

「どんな理由？」

「あなたの犯した罪は重い――けれどそれと同じくらい、僕には価値がある」

男はそっと包帯の巻かれた手を取る。

「ぜひ、僕に買い取らせてもらえませんか」

「罪を買い取るの？」

「質屋をやってるんですよ、僕」

もし死神と言われればすんなり納得しただろうが、質屋とは――意外な職業だ。

「あなたが私の罪を買い取って、もし別のところから罪が露見しそうになったら……」

「現状から見て、可能性は低いでしょう。もし万が一そうなっても、鶴野さんの『本物の遺書』があります」

宗介くんから処分を任されたので、と男は言った。つまり彼が、手を回すということか。

「罪を売るって、どうすればいいの？」

「あなたの犯した罪をすべて話してください」

「とっくに知ってるでしょう？」

首を傾げると、男はその美しい顔をこちらに近づけ、声を潜めた。

「郷土資料館の館長は、あなたが殺したんですか？」

思いがけない質問に、息をのんだ。

「なんの力もない少女が、男から情報を引き出すのに、どんな代償を払ったのか。僕はそれが知りたい」

無理やり沈めていた記憶が、不快な熱をともなって頭の中を真っ赤に染めた。

「――あいつは人間の仮面をかぶった獣よ」

自分が獣に汚される血筋なのだと知ったのは、それよりもっとあとのことだ。

「そして私は、それに気づかなかった愚かな子供だった」

淡く澄んだ男の目には、憎しみに歪んだ自分の顔が映っている。

「下心を優しさと勘違いしていた。だからあんな男に――」

いい記憶は残らないのに、嫌な記憶は落ちない汚れのようにずっと染みついている。

赤い血のように。

「書庫でなにが起こったんですか？」

「……どうしても読みたい本があって、館長に取ってもらおうとしたの。そうしたら、たまたま梯子が倒れて館長は床に落ちた」

「たまたま？」

「そう、たまたまよ」

欲しい本が天井に近い、一番高い棚にあったのも『たまたま』だ。

「割れた頭から流れる血を見て、恐れをなして逃げ帰るのは当然でしょう？　だって私は子供だったんだから」

すぐに誰かを呼べば、助かったかもしれない。だがあの日は夜で、他の職員はおらず、館長は助けを呼べなかった。自分が館長に襲われたときに、助けを呼べなかったように。

「後悔していますか？」

「人間は後悔しながらも、罪を犯す生き物よ」

自分の返事に、男は満足したように笑みを深めた。

「代金のお支払いは、現金の方がいいですか？」

「いくらいただけるの？」

そうですね、と男が笑う。

「清水公一が借金まみれの両親から娘を買い取った金額でいかがでしょうか」

男はペンで、包帯の上にさらさらと数字を書いた。

「……ずいぶん安値で売ったのね」

「ご不満でしたら、相談させていただきますよ」

包帯上の数字を見ているうちに、いい案が浮かんだ。

幸いにも自分には養父母の家や土地を処分したお金がある。普通に暮らせば、しばらくはもつだろう。自分が困っていたのはお金ではなく、この命の使い方だった。

「――気が変わったわ」

指で数字をなぞりながら、男を見る。

「お金ではなく、別のものでもいいかしら？」

「結構ですよ。なにをご用意しましょうか？」

「なら、清水公一に娘を売った親の情報を教えて」

男は驚くでもなく、満足そうに笑った。

「あなたがそうおっしゃるかもしれないと思って、ご用意してきました」

男が差し出してきた封筒の中には、欲しい情報がすべて入っていた。写真があるのも助かる。滞在先は南の国だった。暑い場所は好きではないが、あまり治安がいいとは言えない国を選んでくれたのはラッキーだ。なぜなら、『たまたま』現地の凶悪な事件に巻き込まれる可能性が高いからだ。

「もちろんお金もご用意します。資金は多い方がいい」

「私に協力して、あなたにはなんの得があるの？」

「僕は人間の不幸が大好きなんですよ」

男は自分の好きな食べ物を語るような軽さで言った。

「自分の娘を不幸にした夫婦が幸せになっているのは、面白くないと思いませんか」

はじめから自分がこうすることを、男は知っていたのだろうか。その表情からはなにも読めない。

「……鶴野先生は、悲しむかしら」

「死んだ人間は悲しめません」

確かにそうだ。そうやって感傷に浸るのは、生きている人間の悪い癖なのだろう。

包帯が巻かれた手に視線を落とす。

鶴野には申し訳ないが、一度汚れた手は二度と綺麗にならない。それなら、この手を有意義に使おうと決めた。まだ汚れていない、綺麗な手を守るために――。

「取引成立ということで、かまいませんか？」

「ええ」

頷くと、男は布に包まれたなにかを取り出した。そこにあるものを見て、目を見開く。

鎖は真新しいものだった。そこにぶら下がる、少し歪《いびつ》な形のペンダントトップは――。

「それは私が燃やした――」

「完全には復元できませんでしたが。今のあなたには必要なものだと思って」

「……私に？」

男がペンダントをかけてくれる。久しぶりに自分のもとに戻ってきたそれを見て、あの火事で一度止まった時間が、再び動き出したような気がした。

「これは、あなたがあなたである証だ」

顔を上げると、美しい男の笑みがあった。

「――『竜の花嫁』に幸運を」


【了】

あとがき

人の不幸は蜜の味。

人の不幸を喜ぶメカニズムは、人間の脳内の回路に組みこまれているそうです。つまりその人の性格や意識とは関係なく、人間の持つ自然な感情のひとつとも言えます。

質屋の店主・烏島は他人の不幸と欲望にまみれた品物を好み、買い取ります。一見、不謹慎な行為にも見えますが、烏島はその不幸なコレクションをひとりひっそりと愛《め》でるだけで、面白がって他人に拡散したり、『正義』の名の下に糾弾したりはしません。

特殊能力を持っていることで苦しい人生を歩んできた千里も、そんな烏島の大切なコレクションのひとつです。お金で繋がったドライな関係のようにも思えますが、烏島は所有しているあいだはコレクションを大事にするし、簡単には手放さない。

無償の愛や絆を信じられなくなった千里にとって、烏島とのお金で繋がった契約関係はとても心地いいものなのだと思います。

烏島とは反対に、懐に入れた相手に深い情を傾ける宗介は、お金ではなく心で繋がりたいと思うタイプです。自分を利用しようとする人間がまわりに多いからこそ、『真心』を求めるのかもしれません。その一方で、他人に『真心』を求めるには、『金』かそれに準ずる対価を支払わなければならないと知っているのも、また宗介です。

お金で繋がった烏島と心で繋がりたい宗介。

そんなふたりと関わっていくことで、ヒロインの千里には『いい人』などではなく、ひとりでしっかり立つことのできる『強い人』に成長してくれたらいいなと思っています。

二〇一六年四月　南　潔

この物語はフィクションです。
実在の人物、団体等とは一切関係がありません。

南潔先生へのファンレターの宛先

〒101-0003　東京都千代田区一ツ橋2-6-3　一ツ橋ビル2F
マイナビ出版　ファン文庫編集部
「南潔先生」係

ファン文庫

質屋からすのワケアリ帳簿　下
～大切なもの、引き取ります。～

2016年4月20日　初版第1刷発行

著　者　南潔
発行者　滝口直樹
編　集　水野亜里沙（株式会社マイナビ出版）　定家励子（株式会社imago）
発行所　株式会社マイナビ出版
〒101-0003　東京都千代田区一ツ橋2丁目6番3号　一ツ橋ビル2F
TEL 0480-38-6872（注文専用ダイヤル）
TEL 03-3556-2731（販売部）
TEL 03-3556-2733（編集部）
URL　http://book.mynavi.jp/

イラスト　冬臣
装　幀　堀中亜理＋ベイブリッジ・スタジオ
フォーマット　ベイブリッジ・スタジオ
DTP　株式会社エストール
印刷・製本　図書印刷株式会社

©2016 Kiyoshi Minami ISBN978-4-8399-5885-5
Printed in Japan